泡坂妻夫　折原 一 ほか

THE 密室

実業之日本社

実業之日本社文庫

THE 密室／目次

犯罪の場

飛鳥　高

飛鳥《あすか》 高《たかし》（一九二一〜）

建設会社に勤務していた一九四六年、「犯罪の場」で「宝石」の懸賞小説に入選する。江戸川乱歩賞で最終候補作となった『疑惑の夜』を一九五八年に刊行後、『死を運ぶトラック』、『甦える疑惑』、『死にぞこない』と長編を刊行。一九六二年に『細い赤い糸』で日本探偵作家クラブ賞を受賞した。他に、『死刑台へどうぞ』、『青いリボンの誘惑』など。

一

青葉もようやくその肌に硬みを加えてきた頃、私は湘南《しょうなん》の片瀬《かたせ》に、恩師木村博士を訪れた。博士は、その痩軀《そうく》に、まだわれわれ若い者をして、充分信頼せしめるに足る鋭さと、情熱とをもって、母校×××大学、土木工学科に教鞭《きょうべん》を執《と》っていた。

私が、博士を訪問したのは、終戦以来二度目のことで、若い者にあり勝ちの気ままな無沙汰を続けていたわけであるが、この日は、特にあることを期待しての訪問であった。

それは、さいきん、博士の身辺に奇妙な事件が持ち上っていることを聞いていたからである。確かにそれはいろんな意味で、興味のある事件のようであった。私は、それがどのようなものであるのか、また博士がその中で、どういうふうに処しているのかが、知りたかった。これは、博士にはまったく迷惑な好奇心であったに違いないが――。

その日運よく博士は在宅していて、玄関に出てきた夫人は、私を愛想よく茶の間に招じ入れた。そこからは相模《さがみ》湾がひろびろと――そして江の島が左手に眺められた。

博士は和服ですぐに出て来た。この家の家族は、博士夫妻と、博士の姪の多賀子《たかこ》と三人であった。博士の息子夫妻は東京に暮していた。これは別にこれからの話に関係ないが、多賀子は幾分、かかわりがあるのでちょっと述べておくと、彼女は、二年ばかり前、東京から疎開してきた人で、私は二三度会ったこともある。もの静かな怜悧そうな、まったくといっていいくらい白粉《おしろい》気のない人であった。

この日は、どこかへ出ていたようであった。私と博士はとりとめのない雑談を交した後、事件のことに入っていった。いや、私が切り出したわけである。

しかし、ちょっとここでそれまでに私が聞きかじっていただけのことを、簡単に述べておこう。話をこのまま進めるのに、あまり唐突でないために。

それは、十日ばかり前に博士の教室で惹起した殺人事件である。——いや、あるいはまだ、そうはっきり断定はできないのかも知れないが、ともかく博士に師事していた大学院の学生の一人が、その実験室で怪奇な死にかたをした。そしてこれまでのところ死亡の状況が非常に不明瞭であった。むしろあり得べからざることのような——と言うのは一見、これが密室内のできごとと思われ、かつ全然自殺らしくないからであった。

つまり、探偵小説的興味の深い事件といえるのであった。もっとも、博士にとっては、もっと別の意味で、深刻な関心事であったらしいけれど——。

「いや、あのことは、解決したのですよ」

博士は何か深く考えるような面持で、卓上の一点を見つめながらゆっくり口を切った。そして視線を私の方にむけたが、やはり何か考えているふうであった。

「ほう、で、どんな具合に？」

「うん――やはり殺人が行われたのですよ」

「そうですか。で、犯人は？」

「いや、これはネ、私だけが知っていることなんですよ。

私はつくづくこの頃考えたのですが、敗戦後の混乱の中に――いや、これは全然別個の話ですが――いろんな形式的題目に眩惑されて、現実の内容で等閑《なおざり》に附されていることがずいぶんあるのじゃないか、それもかなり重要な問題でね」

話の様子が急に変ったので、私は博士の真意を解しかねていると、博士はさらに続けた。

「敗けたということ、それにその後のみじめさ、恐らく開国以来のみじめさ――その原因がどこにあり、何人《なんぴと》の責任であるかという問題の外に、このみじめな生活そのものが直接、若い人達の誇りを傷つけていることは、われわれの想像以上かも知れない。

たとえばある種の――あまりに感情的にプライドの高い青年は、自分達が劣等な人種であることを認めるくらいなら、死滅した方がいいというふうに考えるかも知れない。

さらにまた、もはや一流国民でないことが明瞭ならば、四流か、五流かを問題にするようなささやかな努力に恥辱を感ずるかも知れない。あるいは更に、他の同胞が、そういった努力をしていることに対して、激しいヒステリックな憎悪を感ずる——しかも、ちょっとわれわれに想像もできないくらいな、病的な憎悪であるかも知れない。こういったことを、私はさいきん感じたのです。全く不幸なことですね。何とかして、救済の方法が考えられねばならない」

私は博士のいっている心を考えた。

「すると、そういった不幸がこんどの事件を生んだと、お考えなのですか」

博士は静かに私を見た。肯定するよりもさらに多くのものを含んだ目であった。

「あなたはくわしくは知らないのですね」

「そうです」

「ふむ、いや、なかなかおもしろいですよ」

そういうと、博士は急に微笑を浮べた。

「ちょっと変ったからくりがあるのです。話しますからあなたも考えてごらんなさい」

二

事件の発生したのは、先に書いたように、その日から十日ばかり前の月曜の朝であった。しかも、相当早くて、博士が部屋にきてから三十分以内のことであった。のちに述べるように、この時間的関係には必然性があった。それから現場の空間的諸関係も、少し長くなるが、必要なので書いて置く。（附図参照）

土木工学科の建物は、比較的新しい木造の二階建で、東西に長く、廊下が北側にあって、主な室は南向きになっていた。事件のあった実験室は、この建物の東端の部分で、ここは二階の床がなく、つまり一、二階吹き抜けで、また廊下も取ってなくて、南北いっぱいの部屋であった。

吹き抜けになっているのは、各種の大型の材料試験機が置いてあったり、いろんな架構を中で組み立てたりするためであった。

南北及び東は外に面しているわけで、それらの外壁には窓があったが、これが二段になっていて、一階の線には、他の室と同様の引き違えのガラス戸、二階の線には、高さ一尺五寸ばかりの廻転窓がついていた。

引き違え戸の方は、全部閉っていて、差し金がしてあった。これは主に人々の無精

現場略図

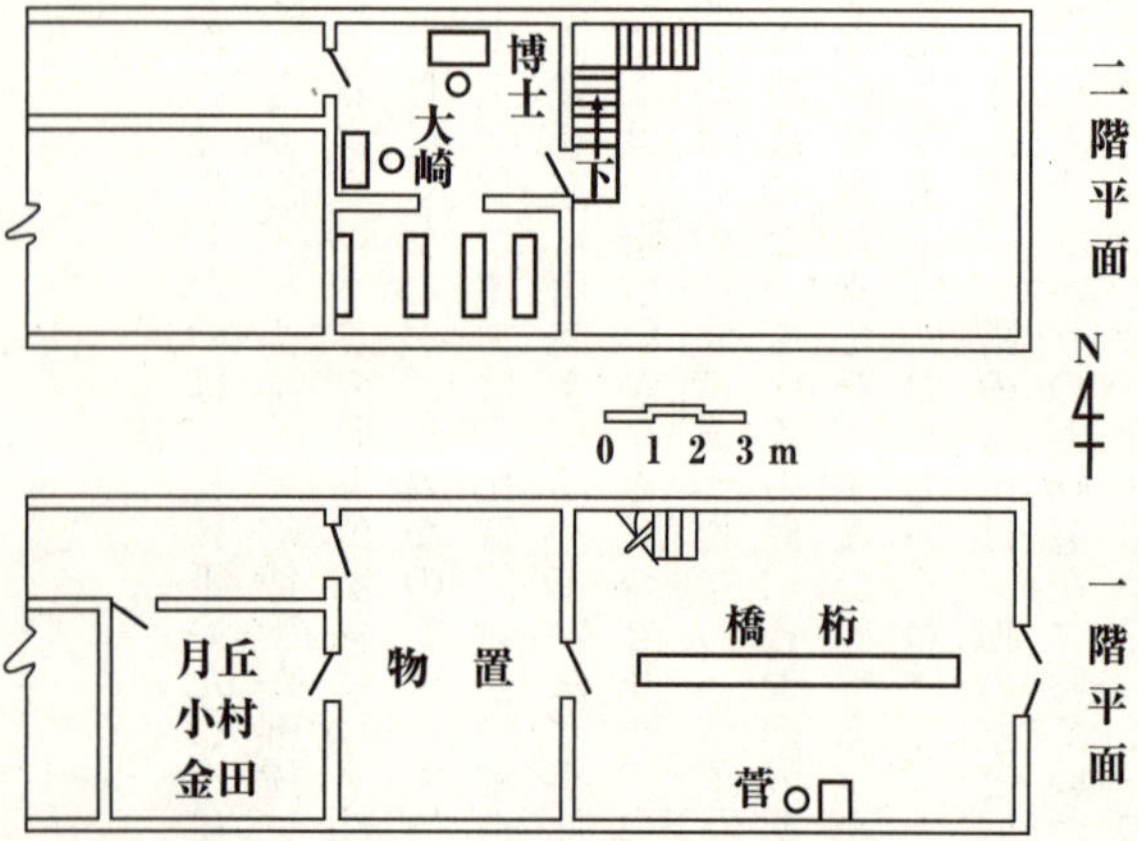

によるものでありまた、砂ほこりの多いせいでもあった。上の廻転窓の方は、開いたままのや閉めたままのや一定していなかった。

上部には、南北方向に組立てられた梁《はり》が二メートル間くらいに横たわっていて、天井が張ってないのでこれが露出していた。

被害者菅《すが》は、南側の壁に添った真中のところに、机を東に向けて坐っていた。さいきん彼は仕事のつごうで常にこの机を使用していた。

この実験室の隣りは、一階の方からいうと物置のような部屋があって、ここも廊下が取ってなく南北いっぱいの室であった。

さらにその隣りの室は、普通、この教

室に関係ある大学院の学生や、助手たちが使用していた。廊下は、この室の後ろから始まっていた。

事件のあった時この室に、月丘《つきおか》という学生と、小村《こむら》及び金田《かねだ》という二人の助手がいた。この室及び、物置の南北には窓があったが、この室のは差し金がしてなく、物置のはしてあった。かつ、物置の方は窓の前に、ごたごたした器材や、古い試験管、或いは模型なぞが積み重ねてあって、部屋全体が薄暗かった。

次ぎに二階へ行くと、下の倉庫の真上の部分が、博士の部屋になっていたが、この部屋はだいたい南北の二部分にわかれていて、北側の部分が通常使用しているところで、南半分には書棚がずっと並べられてあった。そして、この両部分を区別しているのは、やはり書棚であった。この部屋から実験室に臨む間仕切り壁には引違えのガラス戸が入っていて、北側の部分にドアが一つあった。このドアを出るとちょっとしたデッキがあって、そこから壁に添って、北に向って降りる階段がついていた。

部屋の北西の隅には、廊下に出るドアがあった。

室には机が二つあって、北側の窓に面したのを博士が使用していた。他の一つは西の壁に面していて、大学院の学生、大崎《おおさき》が使っていた。

事件のあった時、博士と大崎とがこの室にいた。

さて、このような空間的諸関係の下《もと》で発生した事件の詳細は次ぎのようであった。

博士は、月曜の朝八時半頃部屋に来た。博士より早く、三人の学生と二人の助手とは出てきていた。いちばん最初は大崎、菅、小村が同時であったが彼等も、八時より早くはなかった。その後十分ほどの間に、金田と月丘とが相前後してきた。

彼等は概して仕事に勤勉であったが、菅は特に熱心であった。彼はくるとすぐに実験室へ入って、数日前から始められていた実験にかかった。

その実験というのは、博士の指導のもとに行われていたのであるが、特殊な方法によって組立てられた橋桁の耐震力の試験であった。実験室の中央にはこの橋桁が両端を支えられて置かれてあった。この橋桁《はしげた》の上に、エクセントリックな弾み車をつけたモーターが装置してあって、このモーターを廻すことにより、任意の定常的振動を橋桁に与えるのであった。

菅はすぐスイッチを入れた。これは注目すべき点で、事件の行われた間じゅう、相当な騒音がその空間を占めていたということがいえるのである。

博士が出てくると間もなく菅は、博士の室に上ってきた。それは一昨日の実験結果を提出するためであった。彼はそれを博士に手交すとすぐ下りて行った。

博士は、その紙片をちょっと見ていたが、興味あり気にうなずきながら大崎に渡した。大崎はこの記録を整理して、理論式から出てくる数値と対比することを命ぜられていたのである。

「どうだね、誤差が出るかね」

博士は、机上に書類をひろげながら大崎に声をかけた。

「ええ、だいぶ――」

「ふム、しかし誤差を恐れてはいけないよ、その量を気にして、少なくなるようにやっていってはいけない。誤差の性質を正確に知ることが大切なんだから」

「えエ、誤差だけ取り出して曲線を書いてみようとしたのですが」

「ふム、どんな具合だ？」

「だいたいスムーズなカーブになりそうなんです。で、何か式で表わせないかと思うのですが」

「それはおもしろそうだけれど、本当はなかなかうまくいかないものだよ。しかしだいたいの性質はわかるかも知れない。函数表があっただろう」

「えエ、確か――」

そういって彼は本棚の方へ入っていった。ほどなく一冊の本を持ち出してきた。

「あったか」

「ありました」

彼は、机に向って調べ始めた。一方、博士も自分の仕事にかかった。

しかし大崎はすぐにまた、本棚の方へ行った。のちに彼のいうところによると、それはグラフ用紙を取りにゆくためであった。

博士は、彼が立ったのを知っていたが、彼が書棚の方へいって一分も経過しないうちに（と博士は感じた）彼が誰か呼んだような気がした。モーターの騒音でよく聞きとれなかったのである。

「なに？」

「変ですよ。菅が倒れています」

こんどは明瞭に聞えた。彼は実験室に面した窓から見たわけである。

「どうしたんだ」

博士は立ってドアを開けた。そこから菅の位置を見下すことが出きたが、見ると、椅子がうしろに倒れていて、それと机との間に菅が、くの字に横たわっていた。

そのかっこうが極めて不自然だったので、博士は、瞬間ギョッとした。

急いで博士が階段を下りると、大崎がうしろに従った。

博士は近づきながら、菅の後頭部の出血を認めていた。

「オイ」

しかし、返事はなかった。博士は、ガバッと伏すように菅の胸に手を当てた。モーターの音が耳についた。

「モーターを止めろ」

「は」

大崎はびっくりしてスイッチを切りにいった。やがて静かになった。

「医者を呼びたまえ」

「はイ」

大崎が電話をかけにいって、階下の三人に変事を伝えた。電話は三人のいる室と、博士の室とにあった。

三人が驚いてやってきた時博士は、じっと立って、動かぬ菅を見下していた。

やがて博士は何かさがすようにあたりの床を見廻した。その視線はしかし、永くは動かなかった。机の横、二メートルばかりの床上の一点に止ったのである。そこに錆びた鉄の棒が転っていた。それは上げ下げ窓の重錘《おもり》であった。上げ下げ窓を使用者が最小の力で操作し得るように、窓の重量と釣合わして窓框《まどかまち》の中に入れてある。径五センチぐらい長さ五十センチぐらいの鉄棒である。そしてその頭には索《なわ》を結ぶための環《わ》がついている。

博士は歩み寄って、その上にしゃがみ込んだ。棒の下端、すなわち環のついていない方が淡く濡れていた。血のようであった。

「これだ」

博士はつぶやいた。

「月丘君、警察へ電話したまえ」

此の時博士は時計を見た。八時五十五分であった。

やがて、官憲の手によって、現場の調査と、人々の訊問が始められた。それは、自殺と考える可能性が全く無かったからである。

単純な死因、死の衝撃を与えて無造作に転っていた重錘、最初の印象はむしろ平凡な事件のようであった。

しかし、必ずしも、そうでないということがすぐ人々にわかってきた。

犯人は、実験室の騒音を利用して背後から一撃を加えたように見える。また現場には格闘の形跡は少しも認められなかった。しかし犯人がその位置に至った経路を考えるに及んで、最初の困難が生れた。

前に述べたように、もし犯人が外部から正規の道順を踏んで入ったとすれば、一階からにしろ二階からにしろ、人々のいる部屋を通過しなければならない。

菅が最後に二階にきたのが、八時四十分頃であったと思えるのであるが、以後上下の部屋に人が全く不在であった時間はなかった。このことは明らかに認められた。

実験室の三方の窓、物置の窓これ等は不備ながら差し金が入っていた。無理に開けようとすれば開いたかもしれないが、しかし開けられた形跡のないことを証明するには充分であった。上部の廻転窓は、これを破壊せずして人の出入りは不可能と認められ、そしてなんら破壊の跡は見られなかった。

　他に考えられるのは、前以って侵入していて犯行後逃亡したという見方である。入っていなかったという証拠は一つもない。しかし前に侵入経過が考えられなかったと同様に、この際の逃亡の経過も考え難いのである。というのは、大崎が電話をかけに下の部屋に行って、すぐまた月丘が警察に電話しに入った時まだ大崎はこの部屋にいたので、始終この辺には人々の目があった。以後も、誰かがこの現場からすり抜けて出た機会を考え出すには無理があった。

　このように、外部との断絶が一応もっともらしく思われたので、いきおい内部の者に対して吟味がされなければならなかった。

　しかし困難はやはり同じことであった。

　いま博士と大崎とを別にして見ると、下の三人であるがこの三人はそれぞれ部屋を出たことがあった。

　金田は某教授のところへプリントを持っていった。この教授の部屋は同じ棟にあった。小村は、ある模型を他の某教授の講義の行われる筈になっていた教室へ持っていった。月丘は一度便所へ立った。

　で、三人がそれぞれ部屋を出たのであるが、同時に二人出ていた時間、すなわち一人だけ残った時間があったということが問題になった。このようなことについての想起は、とかく当事者に確信のないものであるが、月丘は訊問する警部に答えた。

「私は自分がこの部屋にいるときは、誰かまたいたように感じました。それが金田君だったか小村君だったかは、はっきりしません。従って厳密には確実とはいえませんけれど。しかし、三人の出ていったのは実際ほんのわずかの時間ですから、その時間を当《あて》にして犯行を行うには相当無理があると思います」

警部はうなずいた。彼は、性急にそこから何か引き出すことは、困難であると感じたらしい。

そもそも、これ等現場附近に居あわせた人々を容疑者と見ることには、動機の点で非常に不自然であった。それは、その後の調査においても変りはなかった。

かくて、取調べは、かなり深くまた、広く行なわれたが、あまり進展を見なかった。

今、動機の点が不明瞭だということを書いたが、しかしここに、博士だけが感じていることがあった。博士は、そのことを警察が知ったら多分、一応問題として取り上げるかも知れないと思った。もちろん決定的なことがらではないが、しかし人によっては、動機となり得る種類のことであった。

それは、博士個人にも関係があるので、博士としては、真に困ったことであったが、多賀子に関した問題であった。

多賀子と菅とは最近、縁談がまとまりかけていた。これはいろんな方面の人の尽力で博士自身そう積極的であったわけではないが、当人同士がよければ喜ぶべきことだと思っていた。それだけなら別に問題は無いわけであるが、そういう話が生れたというのも、菅がよく博士の宅へ遊びにきた。もっとも多賀子が博士の家へきたのはその後のことになるが、いずれにしろよく彼等は会った。ところが、そういうふうに遊びに来たのは菅だけではなくて、月丘もその一人であったのである。

で、博士は、月丘の多賀子に対する気持というものを、始めて考えてみた。これは愉快なことではなかった。全然無関心だったという証拠はない。しかしまた、積極的だったと言える点も思い起せない、が、一つの勘で、何となく気になってきた。多賀子と菅との話に関して彼は妙な沈黙がある。気にしなければ、何でもなく見過してしまうことであるが、気にすれば、その沈黙は何か妙な重さを持っているような気がする。そういった感じであった。

しかし博士は、月丘を疑っていたのではなかった。彼の多賀子に対する気持についての疑惑は事件から派生したのであるが、博士にとっては、始めから別個の問題であった。それを結びつけようとする気にはなれなかった。

事件があって二三日後、博士は月丘と実験室で二人きりで会う機会があった。

「きみはどう思うかね、この事件を。どうして菅が殺されたと思う?」

「全くわかりません。ただ、私としてちょっと厭なことがあるのです」

「何だ」

月丘はちょっとちゅうちょした。

「――それは、多賀子さんのことです」

博士は驚いた。月丘はうつむいて低い声でいった。

「多賀子さんに対して、私が菅の立場にあったら幸福だとは思うのです。それは本当ですが、しかし多賀子さんのために人を殺そうという気にはなれないのです。私には、多賀子さんに、或いは女性に、いまやっている実験以上の関心は持てないのです。

何でもないことですが、ただ誰か、この点に気を廻しやしないかと思うと不愉快なので」

博士はうなずいた。

「そのことを考えている者があるとすれば、僕だけだよ。しかし僕はきみが不愉快に考えるようには考えていないつもりだ」

月丘は黙って去った。

その日実験室は静かであった。博士は、その中を静かに考えながら歩いた。東側の壁の下を北の方から歩いてきて南の隅まできた時ふと、壁の一点にあるちょっとした疵《きず》に気づいた。壁は木造の板張りでペンキを塗ったものであったが、その疵の位置は、下の引き違え窓の少し上で、南の隅に近いところであった。何か硬い物をちょっとぶっつけたような疵で、あまりはっきりしたものではなかった。

博士はそれがどういう性質のものであり、また、いつ頃できたものか判然としないままに、その下を通り過ぎた。

部屋に帰ってくると、大崎が自分の机で仕事をしていた。

「困った――」

博士は椅子に腰を下すと、机にかがんで額《ひたい》を手に当てた。

「大崎君、君はどう思う」

大崎は黙って鉛筆を持った手を止めた。

「どうして菅は殺されねばならなかったんだろう。あれは人になにか恨みを持たれるような男かしらん。どうも僕には考えられないんだがね」

「恨みというものは、いろいろあるのではありませんか」

「ふム、どんな」

「たとえば、物的利害、広く生活一般の利害、精神的反撥――」

「ふム、その中で精神的反撥を彼は受けるかも知れんのだナ」

大崎は黙ってまた、仕事を続けた。

博士がとっさにそういったのは、菅の生活態度を考えたからであった。

菅には、もとから活動的な傾向があったがさいきんは、学生達の間にできた文化運動に熱心になっていた。そして、イデオロギー的に鮮明な態度を以って他を牛耳り、どうかすると政治的とさえ見られるほどに積極的であった。

従って、彼のイデオロギーに反感を抱きながらも、その精力に圧倒されていた人間が、いるかも知れないということが、想像されるのであった。

しかし、それで殺すだろうか。

そういうふうに考えてきたとき博士は、或る異様な想念に逢着した。それは、敗戦後の社会の、病的な、畸形的な雰囲気についてであった。人々の、甲走った荒々しい心、正常な場合には起り得ない悪徳が、易々《いい》として行なわれる。殺意と悪意の満ちみちた社会。その中では、いままでの通念では了解のできないことが、たとえば殺人というような恐ろしい事件の動機となり得るのではあるまいか。

この犯罪も、いわばそのような社会の殺気の吹き過ぎたあとであろうか。

ただ単に、菅を殺すためなら、もっと他の場所と機会があったであろう、なぜこのような窮屈な場所で、不可思議な方法を選ばねばならなかったのであろうか。

(何か、狂気じみたものがある。ヒステリックな賭博者のような——)

博士は暗然とした心持に沈んだ。

三

「私はこの事件を放置するわけにはいきませんでした。しかしまた、前以って特定の個人を指定して考えるわけにもいかなかったのです」

博士は、次第に熱を帯びて語りつづけた。私はじっと耳を傾けていた。明るい陽の光の中に、海の色が不思議に静かであった。

「私は、自分でこの犯罪の方法を究明しようと思い立ったのです。この前の日曜日の朝でした。私は書斎でできるだけ厳密に、この事件をはじめから考え直して見たのです。そして、表面上事件はあのままですが、私には――さっきいったように解決されたと思っているのです」

「どんなふうにですか」

「あなたも考えて見ればわかることでしょうが、いいですか？　われわれは重錘《おもり》が萱の後頭部に打撃を与えたということを知っている。しかし如何にしてその位置に持っていかれたかを知らないのです。この犯罪に必要なことは、重錘がその位置に持ってゆかれるということです。その方法を考えれば、犯人を指示することができるでしょう。つまり、あの時、あの位置にいた萱に対してそのような方法を行い得た人間は空間的に、また時間的にどんな関係にあった筈であるかということです。

もちろんこれは、一つの試みです。或いは失敗するかもしれない。

その中に被害者と加害者とがいて、その中に犯罪の全過程が終結した時間的、空間的、広がりを犯罪の場と考えてみましょう。

それまでわれわれが考えていたこの犯罪の場は、時間的には八時四十分から八時五十五分ぐらいまで、空間的にはあの実験室内と限定されている。そしてその場の中に加害者の存在が考えられないのを不審がっていたわけです。で、この場の限定について吟味してみようとしたのです。

先ず、時間的限定に関していえば、これはもっと拡張されるかも知れない。たとえば、あらかじめ機械的方法をしかけて置いたとすれば、そこまで入るわけです。それから、空間的限定の方は、もしあの時、ほかに誰も実験室内にいなかったことを認めるなら、たとえどんなに奇妙に見えようとも、他の人間のいた筈の範囲まで拡げて見なければならない。

このように拡張された新らしい場の内部で、被害者と加害者との連鎖が可能にされる方法を発明し得ればよいわけです。こんどの場合、それは何か力学的方法であるとみなすのが自然のようです。運搬、投擲《とうてき》、発射、そのほかそれ等のうち何が可能であったかということです。

つまり、ある一定の瞬間に、接触した二人の間に犯罪が終了したと考えなくてもいいのです。これは当然なことですが、こんどのような場合考え難いものだから等閑《なおざり》にされがちだったのだろうと思うのです。

そこで、私はいろいろの力学的運動を想起してみたのですが、どうです？　あなたも何か考えつきませんか。先に述べた現場の空間的関係を思い合わして、かなり特徴的な空間ですよ。それに被害者のいる位置が一定していたということも重要ですね」

博士は、そういって悪戯《いたずら》っぽい微笑を浮べて私を見たが、こちらが戸惑いしているのを見て先をつづけた。

朝から重々しい想念の中に気を腐らした博士は、その日曜の夕方、多賀子を連れて海岸へ散歩に出た。

多賀子は、その頃では持ち前の平静さを取り戻してはいたが、かなり沈黙がちであるのは争われなかった。

片瀬から鵠沼《くげぬま》の海岸は、さすがにまだ、昼間でも海に入る人はいなかったが、こんな日の夕方なぞ、そぞろ歩きを楽しむ人達はかなり見られた。

博士と多賀子は、鵠沼の方へ歩いていった。

「おまえは、この事件をどんな性質のものだと思う？」

博士は静かに尋ねた。

「わかりませんワ、わたくし――でも、何だか――」

彼女は言葉を切って考えるように歩いた。

「何だか――？」

「たとえば私とは遠いことのような――」

「遠いこと？」

「その原因がですワ」

「つまり、月丘君等も関係ないという意味だネ」

「――」

彼女は返事をしないで海の面の彼方を見た。

「おまえは、月丘君のお前に対する気持を知っていたのか？」

「あの方は、学者ですワ、叔父様のような」

「――うン、月丘君からもそのことで聞いた。研究以上に女性に関心が持てないのだといっていた。現在の心境としては、そのまま認めていいかも知れない」

そこで二人は沈黙してしまったが、しばらくして多賀子がポツンといった。

「わたくし、恐いの」

「何が？」

「叔父様は加害者のこと、考えていらっしゃるのでしょう。わたくし、それがわかるのが恐いの。その人にどんな気持を私が持つか考えると。

このまま、事件がすーっと消えてしまえばいいと思うワ」

「ふム――」

二人はまた、沈黙して歩みを運ばせた。

砂丘の行手に、少年達が遊んでいるのが眺められた。そこには、鉄棒、シーソー、ブランコ等があった。彼等は思い思いにこれ等のものに取りついて戯《たわむ》れていた。

博士は次第に近づきながら、それをみていた。それは、それぞれ一つの力学的運動であった。

二人は、そこまでくると自然に歩みを止めて何気なく眺めていたが、じきに踵《くびす》をめぐらした。帰りながら博士はもう一度、少年達の遊戯をかえり見た。

その時、あの壁にあった小さな疵を思い浮べた。その位置――。

「多賀子」

「え？」

「犯人は、やはりわかるよ」

「――――」

博士は、或る期待と興奮のために思わず足を早めていた。多賀子は黙って従った。

翌月曜日、博士は出勤するとすぐ、壁の疵をたしかめにいった。

実験室の東壁の南壁と交わる手前、一メートル足らずのところ、高さ床面から三メートル五十センチ、それを見た位置で後方を向くと、南壁に添った中央に菅の坐っていた机がある。菅は、その机にこちらを向いて坐っていた筈だ。

博士は部屋に帰って大崎に命じた。

「ちょっと、すまないけれど、溝口《みぞぐち》を呼んでくれないか」

「はあ」

大崎は出てゆくと、まもなく帰ってきた。

「いま参ります」

「ふム」

ほどなく、年寄りの小使が入ってきた。彼は家を焼かれてから、別に身寄りもないままにこの建物の小使室にずっと起居しているのであった。

「何かご用で」

「うん、きみはこの前の日曜日、あの菅の死んだ前の日ね、あの日学校にいましたか」

「ええ、おりました」

「そう、じゃあ、あの日、誰か実験室にきた者があったかどうか知りませんか」

「さあ——」

彼は横を向いて頭を傾けた。

「何か物音がしたというようなこと、おぼえてない？」

「——？」

彼は、目をしばたきながら、しきりに思い出そうとしているふうであった。

「そういえば、誰かきていたようでした」

「そうですか、見たわけじゃないのですね」

「はい、日曜日に学生さん達がいらっしゃることはよくありますので、別に気に止めたわけじゃありませんが、ですから何でございますね、ひょっとするとあの日、誰もこなかったのかもしれませんが、先生にそう聞かれるとまたそんな気もしますんで、——」

「そうか、いやありがとう」

「はあ」

(日曜日にも学生達がよくくる。従って小使の方でも特に注意しない。それも計画の中の一つの条件になるナ)

その日一日、何の変りもなくすぎた。

博士は、少し早目に帰り支度を始めた時、大崎を呼んだ。

「明日ね、この建物の図面を持ってきておいて下さい。建築科の教室で設計したんだからあそこにゆけばある筈だ」

「はあ、どうなさるんですか」

大崎はまだ、机で仕事をしていたが、向うをむいたまま聞き返した。

「菅の死んだ、いや殺されたメカニズムを確めるんだよ。ただ、僕にわからないのは原因なんだ。きみ達若い人には、或いはわかるかも知れないと思うのだが」

博士は、カバンを下げて南側の書棚の置いてある方へ入った。そして、実験室に面した窓から下をのぞいた。

その博士の立っている位置と、菅の坐っていた机と、壁にある疵の位置とが、南の壁に平行な同一鉛直面内にあった。

博士はそこを離れた。

「お先へ」

そう大崎の背に声をかけると、博士はドアを開けて出た。

大崎はちょっと頭を下げたようであった。

四

「図面を明日取ってこいといって帰ったのは私の弱気でもあったのです。というのは、たぶん大崎がそれを持っているのじゃないかと思ったので」

博士は、タバコを口へ持ってゆきながら、静かな調子で語りつづけるのであった。

「といいますと――」

「――わかるでしょう。力学的運動の中でいろいろあるけれど、ごく簡単なものに単振子があるでしょう。

私は海岸のブランコをみて、気づいたのです。

振子というのは、支点と、糸と、重りとでできていて、重りの位置エネルギーと、運動エネルギーとが、時間的に交互に入れかわってゆく運動でしょう。重りを或る程度上げておいて放すと、次第に速度を増しながら最下点で最大の運動量を持つに至る。あの重錘が七キロ前後の重さを持つとして、それがどのくらいの速度を持てば人間の頭蓋骨を粉砕し得るか、またそれだけの速度を与えるには、どれだけの高さまで引上げて置いて放せばよいか、概略のことは若干の計算で容易に出せるでしょう。それだけのことがわかったとして、次ぎにそのような振子の運動が、あの空間内で可能かどうかの問題です。これは恐らく犯人の場合と逆の考察で、犯人は先ずあの空間の特徴からヒントを得たのでしょうが、しかしわれわれは犯人の位置を知らないから、別の方面から決めてゆかなければならない。そこで、第一に、被害者の位置が決っていること、振子はこの点を通過することは確実です。で、ほかに何か通過した所があるかというと、それがあの壁の疵です。

図面の上でこの方法ができそうにみえても、果してどのくらい正確にやれるかは実験してみなければならない。この際は、中間に障害物がないから、或いは何か置いてやったとしても、それにうまく当らなかったような場合、振子は自由に向うまで振れる。そして、壁に衝突する。もっともその時は重りがかなり高い位置に上っているから、運動量は少なくてあまり強い衝撃は与えない。従って、壁についた疵は小さいのです。で、振子がこの二点を含む鉛直面内にあるとすれば、犯人もその面内にいたことになる。このことは支点の方からもいえることで、支点としてはなるべく被害者の真上に近い梁が選ばれたでしょうが、あの梁は南北に向いているので、振子はこれに直角に振れるのがいちばん具合がいいわけです。

私が小使に、前日誰かこなかったかとたずねたのは、この実験を犯人がやりにきたのに違いないと思ったからなんです」

「それで、振子の支点と重りはありましたが、それを結ぶ糸がありませんネ」

「ないことはない。そういった点は技術的問題なので、犯行時にはあった筈ですから、犯罪の事実が発見された時なかったとすれば、それまでに現場から取り去られたことになる。それは不可能のことじゃありません。

もうだいたいおわかりでしょうが、犯行の概略はこんな具合でしょう。犯人は自分の位置と、被害者の位置とが決っているから、支点を被害者の真上近く、かつ、そこから両者への距離がだいたい等しくなるように選ぶ。それで支点を決定したら、支点と被害者との距離を正確に測って、糸に印を附ける。この印のところを梁にかけるわけですが、その際、糸の両端は手もとに取って置かなければならない。その片方が振子になるので、糸全体の長さは支点と犯人の位置との距離の二倍以上を必要とするわけです。で、一方の端に重りをつけて放す。重りが被害者に衝突する。この時、重りは衝突によって糸から落ちるようにしてあったのです。そして重りの落ちた糸を、他の端から全部手もとへたぐり寄せてしまったわけです。そのためには、糸が支点にかかっている具合が、ひと巻してあるとか、弱い他の糸で結んであるとか、ともかくそんな簡単なものだったでしょうが、ただ支点の位置と糸の長さは正確に保って置く必要がある。これだけの仕かけは、どうせ前日のうちにやっておかなければならないけれど、いよいよ実行するときは、前以ってやった試験の具合等を参考にして、恐らく数十秒のうちにすべてを完了できたでしょう。

それくらいの暇は、書棚の陰に入った大崎にあった筈です。ここに問題なのは、そんな仕かけを皆に気づかれなかったことです。ごたごたした実験室の状況、ことにそれが高い天井だということ、またやった時期が、朝、皆がきたばかりのところだというような条件を考慮すれば、気づかれなかったのはむしろ、自然だったかも知れないけれど、冒険です。しかし実は、この賭博的色彩がこの犯罪の、また犯人の心理の特徴でもあるのです。犯人は自己の運命を投げたヒステリックな賭博をやったのです。それはあくまで運命を投げたのであって、決して浮ぶ瀬を求めたわけではない。私は、犯人がこの犯行を迷宮に入れて無事な将来を確保しようなぞと考えたことは、そもそも初めから一度もなかったのだと信じている。

ただ自分の運命に終止符を打つためにやったのだという気があるのです。いや、彼は自分の運命というだろうが、私は性格だといいたい。

翌日、私が学校へ出てみると、大崎の姿は見えないで、私の机の上に、図面と索と紙片が置いてありました。図面は実験室の東西方向の断面図で、それには私が調べようとした振子の構成が鉛筆で記入してありました。索は細い滑かな麻のもので、その一端に鉤《かぎ》が結んでありましたが、その爪が折られていて、鉤が浅くしてありました。やっと物がかかるくらいにですね。紙片には、振子の計算がしてあって、書棚のあるところの窓の高さから放せば、だいたい充分な運動量を与え得ることが結論されてあったのです。

ところがその紙片の裏には、さらに走り書きで「青年の不必要な日本、青年の窒息すべき日本」という文句が書いてあったのです。これは恐らく彼が私に宛てて、犯行の動機を説明しようとしたものだろうと思うのですが、私はこれを見て、すべてが了解できたと感じたわけなんです。

物質的にも精神的にも、哀れな劣等国となった日本人の生活に対する、この青年の病的な恥辱と忿怒《ふんぬ》がよくわかるじゃありませんか。

そして彼は、このような惨めさを知らぬ気に希望を抱いて明るく生活している同胞に対して、異常な憎悪を感じたのです。

しかしこれは私ども先輩の罪であり手落ちでもあったのです。私どもはもっと早く、こういう点に気がつかなければならなかったのです。そして敗戦の現実の中に、真実の希望のあることを彼等に自覚させるように努力しなければならなかったのです。全く不覚でした」

博士は静かに視線を膝の上に落した。

「で、その後の大崎は？」

「もう、こうなってはみずからの運命を追うよりないでしょう。私はだから、このことを公表する必要もないと思っているのです。

あれの故郷は九州の宮崎でした。

私はいま、あの南国のどこかの地に、彼の骸《むくろ》が横たわっているのだと思うのです。そのように私は彼を理解している。恐らく間違いはないでしょう」

「これも敗戦の不幸ですね」

「違う」

博士は急に強い語気で否定した。

「判断の誤りです。敗戦もかえってその結果なのです」

白い密室

鮎川哲也

鮎川哲也《あゆかわてつや》（一九一九〜二〇〇二）

戦後間もなくから別名義で作品を発表し、一九五六年の長編『黒いトランク』以後鮎川名義に。一九六〇年、『黒い白鳥』と『憎悪の化石』で日本探偵作家クラブ賞を受賞。鬼貫警部や星影龍三が探偵役の本格推理のほか、アンソロジーの編纂や新人の育成に尽力した。二〇〇一年に第一回本格ミステリ大賞特別賞を、没後に日本ミステリー文学大賞特別賞を受賞。

1

はりだした不連続線のために正午すぎから雪になったが、それにしてもこんなに積るとは思わなかった。はじめはサラサラした粉雪であったのに、夜に入ると白鳥の綿毛をちぎるような牡丹雪《ぼたんゆき》にかわって、このぶんでは一晩中ふりつづけるだろうと思っていると、案に相違して九時前にピタリと止んだ。例によって気象庁がだす予報はどれもこれも見当ちがいのものばかりで、これは資料不足のため同情しなくてはならないことだけれども、彼等にとってはまことに恨めしき降雪といわねばならなかった。しかし、そうかといって技官たちがいたずらに血税をくいつぶしているように酷評するのは、気の毒といわねばなるまい。ある雑誌記者によって、「白い密室の殺人」と名づけられたこの事件のすこぶる大きな役割をつとめた八時四十分という時刻を正確に記録していてくれたのは、じつに彼等測候技師であったのである。

さてその夜の雪がふり止むと、吹きとばされた雲の間からまるで気象庁を嘲笑するかのように十六夜《いざよい》の月がポッカリ顔をだして、この大都会の上に童話劇のスポットライトを思わせる夢幻的なクリーム色の光をなげかけたのだが、特に西大久保にある座《ざ》間《ま》教授の家はながいヨーロッパ生活を送った人にふさわしい洒落《しゃれ》たカテージ風な建物である上に、二百坪ほどの庭に数本のヒマラヤシーダーが植えられているので、雪におおわれ月光をあびたそのたたずまいは、見る人にクリスマスカードの風景画を思いださせずにはおかなかった。

その座間家のポーチには80Wほどの軒灯がついていて、玄関から庭の中程までをほの白く照らしだしていた。佐藤キミ子はポーチに立つと二三度足ぶみをしてブーツの雪をおとし、それから細い指を壁の白いボタンにあててそっと押した。かすかにブザーの鳴る音がきこえる。だが応答はなかった。一分ほど待ってふたたび押す。しかし依然として返事はない。三度ブザーを鳴らして、ようやく出てくる気配があった。

ドアから顔をのぞかせたのは四十前後のベレーをかぶった色白の見たこともない男で、面長で少し歯がでている。キミ子はそうした人間の現われることを予期していなかったものだから、思わず警戒的に身をひいた。独身生活をつづけている座間教授にはいうまでもなく夫人はないし、女中もおいてない。扉をあけてくれるのはつねに教授自身であったのだ。

「あの、先生は……?」

「いらっしゃいますがね、でもお逢いすることはできんですよ」

男はぶっきら棒に答えた。しかしその愛想のない顔には、どこか狼狽した表情もまじっているようである。キミ子は男の吐く息のなかに酒のにおいを感じて眉をひそめた。酒を呑まぬ人間にとって熟柿《じゅくし》くさい臭気ほど不愉快なものはない。

「あら、何《ど》うしてですの？」

「何うしてって、つまりその、先生は亡くなられたんです」

「まあ、いつ、ご病気で？」

「いや、それが殺されたらしい。じつはぼくもいま来たばかりなんだ。びっくりして、一一〇番に電話かけようと思っていたとこです」

「まあ！」といったつもりらしいがそれは声にならなくて、キミ子はかわいた唇を少しひらいただけだった。

「おや、あなたは協和女子医大の学生さん？」

と、彼はオーバーのバッチに気づいたとみえてだしぬけに大きな声でいった。

「ええ、先生のゼミナールに出てるんです」

「医者の卵なら丁度《ちょうど》いい、中に入ってみてくれませんか。他殺であることをはっきりさせてから電話しよう」

男はそういうとキミ子の返事も待たずに、スタスタとホールの横の書斎にもどっていった。

雪がつもった夜は騒音が消されてしまう。だがこの家の中の静けさはそれとは全く異種の、痛さを感じさせるような静寂だった。それが全身の毛穴からはいりこんで、彼女の白い神経にチリチリとふれていくのがキミ子にはよく判った。玄関のダッチタイルの床の上にぬれた靴が一足、乱暴にぬぎ捨てられてある。キミ子はその横にブーツをぬいで、書斎に入った。以前に学友とともに何回となく訪れたことのある家だから、書斎の内部もよく知っている。

庭に面した大きな窓にはあついカーテンがおろしてあった。いかにも女気のない家の勉強家らしく渋くおちついた部屋で、三方の壁には文字通り万巻の医書が並べられてある。窓の前に大型のテーブルと廻転イスがおかれ、そのわきにガスストーブが音をたててもえていた。

教授は窓と反対側のソファーの前にうつ伏せになって倒れていて、チャコールグレイの上衣をあけに染めた血潮は、みどりの絨毯《じゅうたん》の端とモザイクの床とソファーの脚とをぐっしょりぬらしていた。キミ子は蒼白ませた頰をそそ毛立たせながらも、医学生らしい慣れた態度であたりを見廻していた。

「……兇器がないから他殺だと思うんですがね」

壁際にたたずんで様子をみていた男が、ききとれぬほど小さな声でいった。

キミ子はすぐに返事をせずにひざまずいて背中の傷を調べていたが、

「他殺ですわ。たとい兇器があったとしても、この角度じゃ自分で刺せませんもの」

「よし判った、それじゃ警察に知らせよう」

彼は屍体の足もとを廻るとテーブルに近づいて、受話器をハンカチでくるんで持ち上げた。ダイヤルを廻す右手の指の敏速な動きをキミ子はぼんやりと眺めていた。

2

これは中間雑誌「新世紀」の編集長峯《みね》信夫氏が、同誌の新年号に『白い密室』の題名のもとに掲載した記事を、枚数の関係から適宜に縮めて再録したものである。

本号掲載の座間教授と心霊術師との鼎談《ていだん》を司会した私が、その翌《あく》る晩に教授の死に直面しようとは、正に神ならぬ身の知るべきはずもなかった。その夜私は座談会の筆記原稿を教授にお目にかけるべく都合のよい時刻を電話でたずねたのであるが、九時半に来てくれとの返事を得た。私が教授の声をきいたのはこれが最後であり、私的な感情をゆるしてもらえるならば、時には叱られたこともあったがこの十年余りの歳月を可愛がられてきた私としては、実に感無量なものがある。その学問的業績は別として教授は人格高潔な紳士である反面、曖昧なことにはいささかの妥協もゆるさぬきびしい性格の持主であった。

約束の九時半に三分ほど前、西大久保の教授宅についた。開いている門から庭をぬけてポーチに立つと、いつものようにブザーを押した。いまから思えば、私の第六感はその時早くも異変の勃発を悟ったようである。いくら鳴らしても返事がなく、そこでドアのノブを廻すとスッと開いた。平素用心のいい教授としては異例のことだ。私はますますいぶかしく思って再三声をかけたのち、靴をぬぐのももどかしく書斎にかけこんで、そこに教授の無残な屍体を発見したのであった。

私は驚きかつ狼狽した。二時間ほど前に元気な声をきいた私としては、到底自殺とは信じられない。他殺とすれば犯人はだれか。わきおこる激しい怒りのために、私はなすことも忘れて立ちつくしていた。その私をわれにもどらせたのは、ポーチに人の訪れをつげるブザーの音であった。臆病者だと笑われるかも知れないが、私は犯人が帰って来たのではないかと思って息の根がとまるほどの恐怖を感じた。常識から考えれば、仮りに犯人が引き返して来たとしても、わざわざブザーを鳴らすはずはなかろう。しかし血まみれの変屍体を前にして立っていれば、健全な判断力がはたらくものではないことも当然ではないか。

もし犯人が来たのであるなら何処に隠れようか。犯人に対して激しい怒りを感じはすれ、これを裁くのは司直のやることで、私がこの場で仇を討つべきものでもない。私が慌ただしくあたりを見廻しているうちにも、ブザーは容赦なく鳴りつづけていた。ままよと観念して出てみると、それは犯人にあらで若い美しい女性である。胸の校章から教授が教壇に立っている協和女子医大の学生であると知った時、私は思わず全身の力がぬけていく程の安堵を感じたのだった。兇暴な殺人鬼かと思ったのが案に相違してすこぶる美しい婦人であったがために、この感情の落差はよりいちじるしいものとなった。

私は彼女に屍体をみてもらい、他殺である確認を得た後、一一〇番に通報した。私がなぜすぐ知らせなかったかということを後刻係官に質されたが、以前自殺を他殺とまちがえて報告したためとんだ騒ぎを起した例を知っているので、それが一種のブレーキの作用をしたものと思う。

電話をかけたのが九時三十五分。五分ののちパトカーがサイレンを鳴らして駆けつけてくれた時には、実にほっとした。そしてこの時早くも彼等は、庭に捨ててあったというオーバーを拾ってきたのである。尤《もっと》もこれは、雪の上に印された私や医学生の足跡を避けて歩くために迂回して進んだ結果、偶然に植込みの下から発見したものであった。オーバーは雪に白くまみれていたが、それは部屋に持ち込むと直ちにとけて透明な露となった。

「あら、それ先生のオーバーじゃありません？」

と、それまで黙々としていた医学生が突然口をはさんだ。私も見覚えがあったけれど、私の目をひいたのはそれに付着している鮮血だった。所々にべったりとついた血液は、医学生や警官とちがってそうしたものに慣れない私の神経を極度に脅《おびや》かした。

パトロール警官たちは手早く事態を呑み込むと、直ちに机上の電話で本庁の捜査一課に連絡をとった。私も女子医学生も部屋の隅に立ったまま、不安な面持でことの成行を待っていた。

十一時を十分ほど過ぎた頃、急に裏手に人声がした。パトロール警官の注意にしたがって足跡をふまぬよう、一行は裏口から入って来たのである。制服の係官や白い仕事衣をきた鑑識課員の先頭に立った武骨な私服が、一課でも猪突《ちょとつ》のほまれ高い田所警部であった。私は彼と個人的に二三度逢ったことがあるので、後刻妙な立場に追い込まれた時も、比較的冷静に処することができた。

型通りの検屍というけれども、我々素人にとってはきわめて珍しく、陰惨で、まどろこしいものであった。ヒゲを生やして腹のふくらんだ警察医が、屍体の上にかがみこんで綿密な検屍をすませると、今度は写真がとられ、指紋の検出がなされ、そして教授の屍体が出されていった。主人を失った書斎の中に、その時はじめて空漠たるさびしさが感得された。

鑑識と警部とは更に庭に出てかなり長い間なにやらやっている様子だったが、間もなくそれは私共の靴跡をふくむ雪の上の一切の痕跡を調査しているものと判った。そして彼等の慎重な方法は決して無意味ではなかったのである。その結果庭に残されているのは私と医学生との靴跡のみであって他に何物もないことが明らかにされ、ひいてはこの事件が論理的に解決不能な密室犯罪であることが明白になったからだった。これは後日きかされて驚いたことだけれど、警部と鑑識の技官たちは、その時すでに、カーター・ディクスンの長篇推理小説『白い準僧院の殺人』の中で犯人が用いた方法まで検討したというのである。もちろん座間事件の場合にはそのやり方もあてはまらぬことが判った。

　庭の調査をすませて書斎にもどった警部は数名の刑事を呼んでなにごとか策をさずけていたが、彼等の行動を注目していた私はほどなくそれが家探しであることを知った。警部は犯人の脱出した足跡がないことから、当然のことながらまだ屋内に潜伏しているものと想像したわけである。もしこの犯人が、パトロール警官が到着する前に姿をあらわして私と医学生とに襲いかかったならば、われわれは当然無事でいられなかったことを思って胸中慄然とするものがあったのだが、ほぼ一時間にわたって天井裏まで捜査した結果、猫の仔《こ》一匹かくれていないということが判明して、私はあらためてほっとした。かくて、密室の謎をとく一つの可能性が、ここにエリミネートされたのである。

3

訊問がはじまったのは午前一時にちかい頃だった。このとき初めて、女子医学生が佐藤キミ子嬢という名で芳紀まさに二十一歳、戸塚のアパートに独り住んでいることを知った。どの様な場合であれ、美人と同席するのは決して不快ではない。特に彼女は目が大きく眸《ひとみ》がすんで、西洋人形のような小さな紅い唇が印象的だった。オーバーをぬぐとその下に、ミッドナイトブルウのセーターにキャメルのスカートをつけていたが、それがまたよく似合って愛らしくみえた。

「お嬢さんは何の用があって来られたのです？」

田所警部は相手が女性となると、やはり目尻がさがるようである。柄にもない猫なで声で訊いた。

「卒業論文のことでおたずねしたいことがあったんですわ」

「ほう、こんなに遅くね？」

「ええ、明日からお友達と赤倉へスキーに参りますので、今晩中に片づけたいと思ったんです」

そう答えてから警部の言葉の意味を察したとみえ、自い頬にさっと赤味がさし、大きな瞳は怒りのために一層かがやきを増した。

「まあ、先生は道徳堅固なかたですわ。あたしはともかく、亡くなられた先生に対する侮辱じゃありませんか」

「いや失敬々々」と警部はすぐに鬼瓦が笑ったような顔になって謝ったが、これが彼の手であることが後に判った。一歩しりぞいたとみせ二歩進む。相手の感情を激させておいて、自制心を失ったすきにチラリとのぞかせる真実を巧みにつかむ。その緩急自在なさばき方は、さすが千軍万馬のつわものだけに堂に入ったものだった。しかしそれを誌すのが本文の目的ではない。如何にしてこの事件が密室犯罪を形成していったかの過程を、順を追ってのべるのが主眼である。

　ひと通りの訊問が終った時に目つきするどい刑事が入って来て、何事かひそひそと耳打ちした。しかし警部は、彼が出て行くとすぐ我々に対してその内緒話を公表するのである。与えてとる、ギヴ・アンド・テイクの法則を彼もまた実行しようとするらしくあった。

「解剖の結果が判ったよ」

「早いですな」と私はいった。

「そう、死因が比較的はっきりしていたからね。教授が受けた傷は一箇所しかない、それが致命傷です。右肺を背後から刺されていて、兇器は刃渡り八センチほどのナイフと想像されている。胸腔内にかなりの出血があって、肺臓が相当圧迫されていたようです」

医学生である佐藤キミ子嬢は、その報告を興味あり気に聴いていたが、私はいたずらに背筋がゾクゾクするのみだった。

「死亡時刻は九時頃という推定になっとるです。しかし相当に内出血してる点からみて、犯人は兇器をつき刺したまましばらく教授を生かしておいたらしい。何のためにそうしたのか判らんですが、その後ナイフを抜きとって持ち去っとる。これは犯人として当然のことで、兇器を現場にのこすような間抜けなまねはやらんです」

警部はつとめて何気ないふうをよそおって喋っていたが、気のせいかその視線は我々の、ことに私の反応をうかがうように敏捷に動いていた。犯人がナイフを抜かずに若干時間教授を生かしておいたことについては私にも私なりの解釈があったのだが、どうも警部の目玉が気にくわぬものだから黙っていた。

「この場合のナイフは一種の栓みたいな役目をしとったから、ひき抜くとたちまちひどい出血をする。報告によると被害者はほとんど即死にちかい死に方をしただろうといってます。それから庭に捨ててあった外套だが、ナイフをひき抜く時にあれを傷口にあてたらしい。そうしないと血が吹き出して犯人の服を汚してしまうからです」

彼はそういって、またもや私をジロリと見た。

なおこの兇器は翌日の午前中に雪の中から発見された。警部がいったとおり刃渡り八センチほどの果物ナイフで、後日私も見せてもらったがステンレススチール製で刃はなく、芯をくりぬくために先端が三角形にするどく尖っていた。しかし犯人がなぜ犯行現場の目と鼻の先に捨てていったのであろうか、その理由を説明することはさすがの警部にも困難のようであった。

「ところで峯君、きみは佐藤さんのひと足先に到着したと称しているんだが、実際はそれよりもずっと前に来てたんじゃないかね？　気象庁に訊いてみると雪が止んだのは八時四十分なんだが、その雪の上にきみの靴跡があるからには、きみがやって来たのは八時四十分以前でないことは判る。そこで仮りに八時四十分に到着したとしても、教授と口論したり兇行したりする時間はたっぷりあったはずだ。どうだね」

「な、なんですって？　とんでもない、ぼくがここに来たのは佐藤さんの二三分前なんですぜ。時刻にして九時二十六七分なんだ。何うもあんた達は人を見ると泥棒だと思いこむ癖があるようだが、ぼくが犯人だなんて、そんなバカなこといっちゃ困る。座間教授には終戦直後からお世話になってるんです。平素から敬愛してる教授を殺すことができるもんか。そりゃ無茶だ」

何といったか覚えているはずもないが、立てつづけにそんなことを、やや興奮しながら叫んだ。すると警部はニヤリといやな笑いをうかべて、

「八時四十分から九時にかけてのアリバイはあるかね、え、峯君」

いいながらぶあつい掌でポンと肩をたたいた。私は高田馬場で省線をおりた時、少々寒かったものだからズラリと並んでいるおでん屋の屋台に首をつっこんで、一杯やって景気をつけた。それが丁度その時刻にあたるわけだが、ゆきずりの屋台の名前を一々覚えているほど暇な人間ではない。

「そう仰言れば、わたしがここに着いた時アルコールのにおいがしましたわ」

とキミ子嬢が助け舟をだしてくれた。

「なるほど。ついでにあなたのアリバイもお訊かせ願います」

「わたしはずっとお部屋にいましたわ」

「ほう、こりゃ簡単明瞭だ」

警部はただちに刑事を二人呼んで、屋台の調査とアパートの調査をやらせることにした。雪の中をとび廻りに出掛ける刑事諸君を、私は同情の念をもって見送った。彼等も、そしてたまたま現場に来合せた我々も、とんだ災難といわねばならない。

「峯君、今後もあることだ、ヤキトリを喰う時にゃ、のれんの名前をよく読むことだぜ」

田所警部はそういってもう一度ニヤリとしたが、私はそっぽを向いて聞こえぬふりをしてやった。

佐藤嬢のアリバイは直ぐ明らかになったけれど、それに反して私のアリバイは立証することができなかった。刑事は軒並みの屋台のおやじに当って訊ねてみたそうだが、運のわるい時には仕方のないもので、私を記憶してくれるおでん屋はなかった。しかし後日の調査で私に教授を殺す動機の存在せぬことが明らかになったとみえ、疑惑はそれ以来深まることがなかったのである。

峯犯人説を一応保留すると、警部は二人を等分に見て、その不器量な顔にお世辞笑いともつかぬうす笑いをうかべた。

「何うですかね、あなた方は教授の身辺にお精《くわ》しいはずだが、動機のありそうな人をご存知ないですか。いや、ここで名を挙げたからといってすぐ本人を逮捕するわけじゃない。単に捜査の参考にするだけですから、人権侵害なんて心配せずに仰言って頂きたい」

そういわれて、私は思わず手にした座談会の筆記原稿をさしだしてしまった。

「警部、これをご覧になったらいかがです？　なかなか面白いことがでてますぜ……」

4

にっちもさっちもゆかなくなった田所が例によって事件の解決を星影龍三氏にもちこんだとき、この貿易商は前日の夕方東南アジアの商用旅行から帰ったばかりであった。気のせいか白皙《はくせき》のひたいがかすかに陽焼けしたようである。

「ほほう、その筆記原稿というのはどんなものだったかね？」

と星影氏が訊いた。貿易商人にも似合わず傲岸不遜なところがあって、そのため本庁の人間にはあまり評判がよくない。ありていにいえば嫌われ者だが、その原因はこうした横柄な言葉づかいにもあるようである。

「のちほど原稿がのった雑誌をお目にかけますがね、心霊術師と霊媒とを相手にした座談会なんです。それが座談会なんていうなまぬるいもんじゃない。なにしろ座間教授は頑固一徹な性格で知られた科学者ですから、開口一番、心霊実験をインチキでペテンでまやかしであるときめつけた。さあおさまらないのがエクトプラズムの先生で、たちまち喧々囂々《けんけんごうごう》の論争が始ったというわけです」

いまものべたようにこの事件は海外旅行中の出来事であったから、星影氏には何の知識もない。警部は微にいり細をうがって事件の内容を説明しなくてはならなかった。

「心霊術師は本所《ほんじょ》に研究所をもっている太田呑竜《どんりゅう》という五十男でして、一言でいえば達磨そっくりの顔をしている。もう一人の霊媒は竹本式部といってお公卿《くげ》さんのできそこないみたいな名ですが、肌の白い血の気のないすごいほどの美人で、三十になったかならぬかというところでしょう。ふしぎなことにこの女はまばたきをしない。その切れ長の目でジーッと見つめられていると、蛇に見こまれたとでもいいますか、こう妙な、井戸の底におちていくような頼りない気持になるんです」

事件の進展が思わしくないものだから警部は胸中あせっているに違いなくその気持をしいて払いのけるようにはずんだ言い方をするらしかった。星影氏はパイプをくわえたまま、火をつけることもせずに話の先を促した。

「記事をお読みになれば判りますが、竹本式部は冷静水の如くほとんど発言をしない。一方呑竜はゆでだこのようになって、いや私はその場にいたわけじゃないから何んな顔をしたか知りませんが、ああした多血質の男ですから唾をとばして赤くなったでしょう。それが心霊現象の豊富な例を引用して自分の主張の裏づけとする。教授は教授で、データーのないものは百万の例をならべたところで科学的に信じることはできんと蹴とばす。さらに遠慮のない毒舌で痛烈にこきおろすかと思うと、冷笑と嘲笑と憫《びん》笑《しょう》とをあびせかけるという有様で、はじめのうちは元気だったさすがの呑竜もついには沈黙してしまうんですが、こう容赦もなくやられた以上は、相手に対して殺意をおごしてもむりないんじゃないかと思いますな」

警部はそこでひと息いれて、ウィスキーソーダをぐいと喉にながしこんだ。星影氏もパイプに火をつける。

「結局この座談会は、霊媒の体から遊離したエクトプラズムを意のままに動かすことのできると称する呑竜が、お望みならば霊魂をしてあなたの息の根を止めてみせようじゃないかと脅迫めいた発言をして、それをカラカラと笑殺する教授の笑いで終っているんです。どうも私は交霊術なんて信じないほうなんですが、足跡をのこさぬ殺人が実際におこってみると、やはりエクトプラズムがやったんじゃあるまいかと思いたくなるんですよ」

星影氏はしきりにパイプをすぱすぱとふかしていたが、すぐ意見をのべることはせずに、

「で、彼等のアリバイは何うだったんだ?」

「いや、両名とも兇行時刻には本所の研究所にちゃんといたアリバイがあるんです。アリバイはあるんですけど……」

「あるんだが何うだというのかね?」

「いや、そこが何うも気にくわんのですがね、呑竜のやつが犯人は俺だと大見得を切るんですよ。式部のエクトプラズムを操って座間を殺したのは間違いなく自分だ。心

霊術があれほど侮辱された以上、指をくわえて泣寝入りはできん、これは報復である。あの座談会の終りのところに、霊魂に殺人ができるものなら殺されてみたいと座間が冷笑したではないか。だから事実を以て心霊術の何たるかを知らしめてやったのである、などといっとるのです。仮りにもし霊魂の殺人であったとしてもです、こんなトコロテンの化け物みたいなものを逮捕することもできないし、ご本尊の呑竜を処罰することは法的に不可能だと思うんですよ。やっこさんそれを承知しているから威張ってるんです」

「なるほどね」

「これは新世紀の峯編集長の説なんですが、犯人が呑竜であると説明のつくことがある。被害者にナイフをつき刺したまましばらく生かしておいたのは、霊魂の口を通じて、呑竜が座談会の恨みつらみをめんめんと語ってきかせたためではなかったかというわけです」

常識的な男である田所には、このようにつかみどころのない事件は得手でないに決っている。苦り切った表情でグラスの液体を味わっていたが、それをテーブルにおくと急に語調を変えて、

「犯人が足跡をのこさずに逃げだす方法が二つばかりあるんですが、ひとつ聴いて頂きますかね。尤《もっと》ももう検討ずみのことでして、論理的には成立しないんですが……」

丸ビル八階のオフィスとは違ってここは目黒の星影邸である。座間教授の書斎と同様この部屋にもガスストーヴがもえていて、その暖気があせりがちな警部の心をくつろいだものとさせるのであった。

「つまりですな、被害者の死亡時刻ははっきりしない。ですから私はこれをくり上げて、まだ雪が降っている最中の兇行として考えてみたのです」

「ふむ」

「そうとすれば、逃げた足跡は当然降る雪に消されて見えなくなってしまうわけです」

「するとナイフを抜いて庭に捨てたのは誰でなんのためだい？」

「だからその点でゆきづまっちまうんですよ。われながら名推理だと思うと必ずゆきづまりになる。この場合ナイフを抜いて捨てたのは、佐藤キミ子よりもひと足先に到着した峯信夫がやったことになるんですが、彼には犯人の肩を持って兇器を始末する理由がない。仮りに一歩ゆずって重傷の被害者の背中からナイフを抜いて捨てたとしてもです、あなたが指摘されたとおりその行為自体にはなんの意味がない。だからこの考えもだめなんです」

「そうなるな。で、もう一つの考え方というのは？」

「この場合の犯人は足の小さな人物、つまり竹本式部だとか佐藤キミ子のような女性であることが必要なんですが、これが雪の上を歩いて逃走する。あとから到着した峯がその足跡を一つ一つ逆にふみ消していったという観方です。しかし前にも申したとおり峯が共犯ということは動機の点で考えられない。だからこの考え方も成立しなくなる。おまけに竹本式部にもその夜一歩も外出していないというアリバイがあるんですからな」

警部はいかにも残念そうにいった。

5

「ところで何うでしょう、星影さんのお考えは？」

「そうだね。……その前にもう一度たしかめておきたいのだが、雪の上の足跡というのは峯君と女子医学生の靴跡にちがいないのだね？」

「そうです。正確にいえば二つとも門から玄関へ向って歩いた足跡なんです。しかも足跡自体にはなんのからくりもないことが明白になってます。話によくあるようにポーチから後ろを向いてバックした足跡などでは決してない。念のため鑑識によくみてもらったのですが、蹴り返しがないから簡単に判ります。あの足跡は彼等両名の前進した靴跡に絶対まちがいありません」

彼は自信をもって断言した。あの晩鑑識と共に調べたことだから、言葉にも力がこもっている。

「ほかに犬とか猫とかいった動物の足跡、あるいは何等かの器具の跡はなかったかね？」

犬とか猫とかといわれたとき心なしか警部の表情に微妙なかげがうかんだが、すぐに大きくかぶりを振って、

「ありません、何ひとつ」

きっぱり否定した。これも彼みずからが調査したことだから、はっきりいえるのである。

「ふむ……」

星影氏はいかにも神経質な彫りのふかい端麗な顔を窓辺のレリオカトレアの美しい花に向けて、じっと考えはじめた。手入れのゆきとどいた細い指が無意識にコールマン髭をなでている。田所はこの素人探偵の思考の邪魔をすまいとして、息をつめて身じろぎもせずに坐っていた。

「きみは峯君に動機がないといっていたが、必ずしもそうではあるまい」

十分あまりの沈黙のあとで、突然顔をあげていった。

「彼がやっている〝新世紀〟はこの二三年赤字つづきだというじゃないか。ところが、

これは昨日の夕刊にのっていた文化面の記事の受け売りだけど、彼は今度の座間殺人事件をつかんで派手な宣伝をやって、それが美事に効を奏して新年号はすごい売れ行だそうだ。つまり今度の事件は〝新世紀〟にとって起死回生の妙薬ということになる」

「ええ……」

「だからさ、峯君はそのようなチャンスを天が与えてくれるまで待っている気ながな男かどうかというのだ。赤字つづきという経理状態では、そうゆっくり構えているわけにもゆかなかったと思うのだが」

「しかし——」

「きみのいおうとすることは判る。彼が教授を敬愛していたのは事実だろう。だが、同時に、編集の鬼といわれた男であることも忘れちゃいけないぜ」

田所は承服しかねる面持だった。その程度の動機で人を殺すであろうか。すると星影氏はいたずらっぽい笑いをうかべて、ぽつりといった。

「ぼくは事件のナゾを解いたよ」

「といわれると峯君が犯人ですか」

「峯君が犯人？　だれがそんなことをいった？　ぼくは彼にも動機があると教えただけじゃないか」と激しい口調でいうと言葉をやわらげて、「ところで、ぼくからも訊きたいのだが、峯君は足を怪我しなかったかい？」

たいていのことには驚かぬつもりの警部も、だしぬけのこの質問にはひどく愕然とした。武骨な顔がゆがんだかと思うと、唇にはさんだラッキイストライクがぽろりと床の上にころげおちた。

「何をポカンとしてるんだ。怪我をしたのかしなかったのか、早く返事をしたまえ」

「しました、しました、しました……」

警部は音程のくるった楽器のようにしまりのない声をだした。

「ど、何うしてご存知なんです？　あの事件の帰りに自宅の前ですべって、足頸をひどく捻挫したといってましたが……」

しかし星影氏はその反問には耳をかさずに、

「もう一つ訊くよ。事件のあった夜に、現場付近で犬か猫を焼いた話をきかなかったかね？」

「あります、あります」

田所はふたたび目を丸くして叫んだ、と同時に、星影氏が異常な推理の才を駆使しはじめたのを知って、いよいよ元気を恢復《かいふく》してきた。

「ふしぎですな、よくご存知だ。これは新聞にも出なかったしラジオでもいわなかったことなんですが、あの晩コックが生きた猫をかまどの中にぶちこんで焼き殺したという残酷な事件を目撃したものがいて、所もあろうに生物愛護連盟に投書したんです。ご承知でしょうが、この団体は、人工衛星に犬をのせたのが怪しからんといってフルシチョフに電報を打ったほどの気違いばあさんの集りですから、黙っているわけがない。早速捜査本部のある戸塚署にのりこんで来て、真犯人をひッ捕えろと署長に直談判をしたんです。こちらは座間事件で猫の手もかりたいほどなのに、その猫のために刑事一人をもってゆかれたので閉口しました。あの婆さん連中にとっては座間教授が殺されたことよりも野良猫を殺されたほうが大事件らしいですな。気のせいか婆さんの顔までが化け猫にみえてきましたよ。夜中に行灯《あんどん》の油をなめたなんてのは、ああした婆さんかも知れませんぜ」

生物愛護連盟のご婦人がたがよほど気にくわなかったらしい。田所は滅茶苦茶にこれをこきおろして、わずかに溜飲をさげたという表情である。

「でも、何うしてご存知なんです？」

「なに、大したことじゃないんだ。で、結果はどうだった？」

「それがねえ、ぱッとしないんです。近くのパン工場に変った男がいるんで、ひょっとするとそいつがやったんじゃないかということになったんですが、確証がつかめない。一方投書した人間も無記名ですから調べようがないんです。しかし投書は全然でたらめだというわけでもない。現にそういった悪臭をかいだ人が近所にも四五人いますから、事実には違いないと思うんです。お蔭で署長が婆さんどもから散々油をしぼられましてね、いや何うも気の毒でした。しかし星影さん、どうしてご存知なんです？」

「ヤマカンだよ。足をけがしたというのも、可能性は三分の一にすぎないのだからね」

なにを意味しているのだかわけが判らない。しかしそれ以上追求しても話すような星影氏ではないから、田所は質問の矢を変えた。

「先程ナゾが解けたといわれましたが、あれは足跡の問題ですか」

「そう」

「すると、例えば綱わたりをやったとか――」

「ちがう、違う……」と星影氏は相手の言葉のおわらぬうちに否定した。「そうした機械的なトリックは使っておらん」

はて？　というふうに警部は首をかたむけた。どうにも判らない。機械的なトリックを用いず、しかも雪の上に足跡がないとすると犯人は家の中にひそんでいたとしか考えられないではないか。然るに当時ねずみ一匹隠れていなかったことは、自分が先頭に立って家探しをしたから間違いない。星影氏は一体なにを考えているのだろうか。

「家の中は徹底的に探したんですぜ。犯人がいたら見逃がすはずはありませんがね」

「そうさ。家の中に潜伏してるといった覚えはないよ」

星影氏はケロリとした顔でいった。

「困りましたな。どうもあなたのいわれることはさっぱり判らん。機械的なトリックを使わないとなると、雪の上を歩いていったことになるが、その雪に足跡がない以上は、やはり家の中に隠れているとしか考えられないじゃないですか」

「判らない？　判らないかね？」

とまどった警部の顔が面白くてたまらないというふうに、星影龍三氏はしきりにニヤニヤした。

そのニヤニヤする相手を見ているうちに、彼は急に真相にふれたように思った。そうだ、星影氏はやはり峯を犯人だといっているに違いない。峯にはアリバイがなく、しかも動機がある。彼の犯行として解釈すればすべてにつじつまが合うではないか。一切合切、なにもかも……。

すると星影氏は彼の胸中をみぬいたように意地のわるいシニカルな笑みをもらして、またもや警部の頭脳を混乱させるようなことをズバリとのべた。

「いいかね田所君、犯人は座間家を出るとき雪の上を堂々と歩いていったんだよ。最初から、最後までトリックなどは一切使っていない。ただきみはその足跡に気づかないんだ。見えないいんだよ！」

「見えない？　見えない足跡ですって？」

警部はおなじ言葉を五度も六度もくりかえして呟いた。犯人は堂々と雪の上を歩いて出たという。しかもその足跡が見えないというのだ。更に犯人は些《いささ》かのトリックも使っていないと星影氏は言明するのである。一体犯人はだれなのか。そしてどんな方法で歩いていったのか。

「ハハハハハ」と星影氏は田所の困惑の表情をみて愉快そうに笑うと、「ねえ田所君、いまぼくはすべてのナゾを解いた。しかしそれが正しいか否かは今後の調査をまってみなくてはならないのだ。まだきみに語る段階ではない。ところでその調査をやるために水原君を貸してもらいたいのだが……」

「いいですとも、早速本人に話しておきます」

警部はただちに承知した。水原は星影氏とめずらしくいきの合う数少い刑事のひとりであり、いままでにも三四の事件でコンビをつとめた経験がある。

「なに、二三日あれば足りるだろう、大したことじゃない」

まぶしそうにまばたく警部をみて、この貿易商はもう一度ニヤリと笑った。

6

犯人の正体はだれなのか、いかにして足跡をのこさず逃げだせたのか、見えない足跡とはなにを意味しているのか。いくら考えてみたところで解けるはずもないのだけれど、田所は起きてから床につくまで、いや眠っている間にも、夢の中でこの疑問をくり返していた。水原は朝と夕方顔をみせるが、ただ愉快そうな微笑をうかべるだけで何もいわない。その様子から事件の調査のうまくいっていることが想像された。

三日目の夜、警部は星影氏の目黒の家にまねかれた。ソファの端に水原が坐って上機嫌でジンフィズをのんでいる点が、先夜との唯一の相違点である。星影氏はヴァージンブライアから紫色のけむりをたなびかせている。田所もアメリカタバコに火をつけて話を待った。ガスストーヴの熱気が冬の夜の室内の空気をきもちよく暖めていた。外はふるような星空のはずである。

「さて……と何から話したらいいかな」

星影氏はまだ話のいとぐちがつかめずに、愛用のパイプのつやをためつすがめつ眺めている。

「事件のナゾをとく鍵は、この間きみが語ってくれた中にすっかり揃っていたんだがな」

「はてね私にはさっぱり判りませんが……」

「例えばさ、峯君が編集の鬼であることも、兇器が庭にすててあったことも……」

それだけいわれてもまだ判らない。うすい唇をゆがめて星影氏のひいでたひたいをじっと見つめていた。気のせいかソファの水原がクスリと忍び笑いをもらしたようである。

「峯君がきみに語った話や雑誌に書いた記事は、全部が全部真実でないことを知っておいてもらいたい。早い話が、彼が九時半に座間家に到着したというのも事実じゃないんだ」

警部はふとい眉をピクリと動かした。やはりあの男の犯行だったのか！

「すると、本当はなん時に来たんですか」

「まだ雪が降っている最中さ。八時頃のことなんだ」

田所はもう一度腹立たしそうに眉を動かした。高田の馬場の屋台で呑んでいたというのも嘘だったのだ。屋台のおやじが記憶していなかったのも当然である。

ところが星影氏はまたもや思いがけぬことをいって、警部を仰天させた。

「きみは何か勘違いをしてるようだが、峯君は犯人じゃないぜ」

「なンですって？　犯人じゃない？」

「そうさ。彼が犯人じゃないことは先夜もいったじゃないか」

「それじゃ誰が犯人です?」

「誰だと思うな?」

星影氏はじらすようにニヤニヤしていた。

「すると教授と峯のいるところに犯人がやって来たことになるじゃないですか。彼は犯行を傍観していたんですか?」

「とはきみも思わんだろう。どれほど呑気な男でも、目の前で行われている殺人をぼんやり眺めているはずがない。だから兇行のあったときには峯君はその場にいなかったことが判る」

警部はだまってうなずいた。すると峯は何かの用でもう一度外出したことになるし、庭の雪の上に靴跡がのこっている点を考えると、二度目にもどって来たときすでに雪は止んでいたことが推定される。

警部がそれをいうと、またソファのほうでクスッと笑う声がきこえた。彼はうしろをふり向くと水原をグイとひと睨みしておいて、やおら星影氏の顔に視線をかえした。

「ちがいますか」

「ちがう。峯君はずっと教授の書斎にいたのさ。本とウィスキイをあたえられて愉快に読書していたんだ。湯殿には風呂がわいているから入ろうと思えば入ることもできたしね」

「すると――」

「そうさ、出て行ったのは教授のほうなんだ。教授は峯君に向って、『折角きてもらったんだが生憎急用ができて自分は外出せにゃならん、四五十分でもどるから一杯やって待っていてくれないか。湯もわいているから寒かったらひと風呂あびたまえ』といって出掛けたんだよ。親しい教授のことだ、一も二もなく承知して、クラッカーをかじりながら待つことにした。あの女子医大生がやって来たとき酒臭かったというのは、書斎でのんでいたからなんだよ」

なるほど、いわれてみればつじつまが合う。では教授はどこへ何をしに出掛けたのか。

「行先と目的とはあと廻しにしよう。それよりも注目してほしいことは、当時しきりに降っていた雪が教授の外出した足跡をすぐ埋めつくしてしまったこと、そしてほぼ三十分のちに止んでしまったことだ。そのふり止んだ雪を踏んで教授がもどって来たのは九時頃なんだ。つまり帰って来たときに教授は自分の足跡をクッキリと雪の上につけたということになる」

どうやら話は事件の核心にふれかかったようである。警部は無言のままつぎの言葉を待っていた。水原はうまそうにジンフィズをすする。ガスストーヴは調子のいい音をたてていた。

「先生、どうなさったんです？」

「ウム……」

と教授は短かく答えたきりだった。答えたというよりも呻《うめ》いたといったほうが適切だ。よろよろとよろめいて壁に手をついて身をささえながら、ようやく靴をぬいだ。オーバーの肩やすそに白い雪がついている。息づかいがはげしく、しかも呼吸がきわめて浅かった。

肩をかして書斎のソファに横にならせたとき、峯は唇にチアノーゼがあらわれているのを見て愕然となった。

「先生、どうなさったんです？　医者を呼びましょう！」

「要らん、止めてくれ」

教授はくるしそうにいうと、前よりも一層はげしく息づいた。

「私は医者だ、救《たす》からんことは判ってる」

「しかし先生――」

「だまって聴きなさい。背中をみてごらん」

いわれてオーバーの背に目をやった。背骨のあたりがプクリとふくれているのに気がついた。

「なんです、これは?」

「オーバーをぬがせてくれ、そうすりゃ判る」

峯は慎重に注意をはらいつつオーバーをぬがせた。教授はますます苦しそうに小刻みな呼吸をしていた。

「先生、ナイフが!」

「そうだ。意見がもつれて刺されてしまった。このナイフが、栓の役目をしてるから、死なずに歩いて来れたのだ。いまナイフをひきぬけば、即死をしてしまう」

「…………」

「しかし私は、相手を憎むまいと思う。私を殺した男をゆるしてやりたいのだ」

「でも——」

「よけいな口をきくな。息のあるうちに喋らせてくれ。……峯君、私は彼をゆるすつもりだ。この書斎で、死んだことにしたい。そうすれば、彼にも、アリバイが、できる……」

男というのは呑竜のことであろうが、なぜ彼をゆるそうとするのか。しかしこの疑問を検討しているいとまはなかった。

「きみは、私が死んだあとに訪ねてきて、屍体を発見したことにするんだ。いいか」

「は、はい……」

峯は忠実なしもべのように答えた。つねづね敬服する教授が死にのぞんでの希望とあれば、それがどんなものであろうとかなえて上げたいと思う。

「あとのことは、なにも知らぬことにするのだ。八時にここに来たことも、私がでかけたことも、忘れてしまえ」

「忘れます」

そう答えたとき、峯の胸のうちには妙な考えがうかんできた。次号の雑誌の広告をする際に、博士の死を大きく謳《うた》えば効果があがるのではないかというとてつもない思いつきであった。犯人が太田呑竜であることをにおわせれば、宣伝の効きめはいよいよたしかなものとなるだろう……。座間教授最後の鼎談！　心霊術師の殺人！　素敵だ。すばらしいアイディアだ！

「峯君、判ったら、ナイフの柄についてる指紋を、ふき消してくれんか」

峯がハンカチをとりだして柄をふいている間、教授は満足そうに目をとじていた。

「済んだら、床に、ねかせてくれ」

編集長はふたたび腕をかして、教授を床に横たえた。そのわずかな動作もはげしく響いたとみえ、教授の口からいたましい咳がもれた。

「……峯君」と咳がとまるのを待って呼びかけた。

「今度は最後のたのみだ、この、背中のナイフをぬいて、庭の真中に、すててくれ。私が、ナイフをつき立てられたまま、帰って来たことを、知られちゃならん……」

「はあ……」

「血が吹きでて、きみの服を、よごしてはいかん。オーバーをあてて、血をさえぎるのだ……。あとで、オーバーも、外にすてろ」

「はい」

「愚図々々しちゃならん」

「はい」

「早くやらんか！」

峯は二度うながされてようやく床にひざまずいた。非情な編集の鬼に憑《つ》かれているとはいえ、敬愛する人を死に追いやることはなかなかできない。

「先生！」と声をかけたが教授はもはや問答無用とみてか返事をしなかった。にぎりしめた指の爪にもチアノーゼ現象がみえている。彼は渋りがちの心をふるいたたせてナイフをつかんだ。

「失礼！」

いわれたとおりにオーバーを当ててグイとひきぬいた。ちょっとした抵抗を感じたのちナイフはするりとぬけ、びゅッと鮮血がふき出した。夢中で傷口をオーバーで押えつけていた。教授の瞼がひとしきり痙攣したかと思うと頬からみるみる生色が消えていった。

気がついたとき教授は一個のむくろと化していた。こみ上げてきた悲痛な感情が嵐のように峯の心をゆすぶった。

やがて激情がしずまると兇器の始末をせねばならぬことを考えた。しかし自分の指紋がついていては大変だ。もう一度ナイフの柄をふいて、電灯をけすとカーテンを払い、窓をあけて庭の真中になげすてた。つづいて外套をまるめて放りだした。その仕事がすむと気ぬけしたように回転イスの上にがっくり腰をおろした。

門灯と月光に照らしだされた庭がおぼろにながめられた。ぼんやり坐ったまま、瀕死の重傷を負いながらも歩いて帰ってきた教授の意志力に思いをはせ、死後のこまかい処置の方法まで考えぬいた頭脳に讃嘆していた。そして月光のもと黒々とうずくまるオーバーにも一度目をやって、さて窓をしめようと立ち上ったときに、門からポーチまで点々とつづいている教授の足跡に気づいたのである。

失敗《しま》ったと思ったとたんに、頭から急に血がひいて気が遠くなった。教授はえらいものを残してくれた。あの靴跡をかくさぬ限り外出したことは一目瞭然ではないか。何うしよう、どうしたらばいいだろう。……彼は真空の頭をかかえて焦りもだえた。

どれほどの時間をそうしていたのか、ようやく落着きをとりもどしたときに、ひょっこり名案がうかび上ったのである。そうだ、教授の靴を自分のものにすればいい。あの足跡を自分の靴跡にすればいいのだ。

そう考えつくと共に、彼の脳裡にはまたぞろあの鬼が踊りだしたのであった。これは犯人の出入した足跡のない密室殺人になる。うす気味のわるい心霊術師にうってつけの事件ではないか。

雑誌には自分がペンをとって派手な記事を書いてやろう。教授のねがいをいれて書斎で殺されたような話につくり変えるのだ。題名を何としようか。雪にかこまれた家の殺人。そうだ、白い密室がいい。白い密室！

そうした考えに憑かれると、もう彼は夢遊病者のようであった。ふらふらと立って、ふらふらとクラッカーやウィスキイのセットを片づけた。峯の夢遊病者は、佐藤キミ子が鳴らせたブザーによってドキリとさせられるまでつづいた。

7

「も一度うかがいますが、教授はどこへ何しに行ったんでしょう？」

「何処だと思う？」

「判ってりゃ質問しやしませんよ」

と警部は中ッ腹な返事をした。あの編集長にかつがれたかと思うといまいましくて仕様がない。今度逢ったら頭からどやしつけてやろうと思う。

「ハハハ、こりゃ失敬。それじゃ別のきき方をするが、教授は自分を殺した男をゆるすといってるけれども、太田呑竜に殺されたと仮定した場合、果してそのような気持になるだろうか」

「さあ……。あれほどやり合った仲ですから、そうは考えられませんな」

「ぼくもそう思う。だから教授のあの言葉は心にもないことで、本当の目的は、自分に危害を加えた相手の正体を人々の目からおおい隠すためのものと解釈したんだ」

「といいますと？」

「ぼくがすぐ考えたのは相手が異性であった場合だね。人からも道徳心のあつい紳士とみなされ、自分でもそれをひそかに誇りとしている人間が女に刺された場合を想像してごらん。おのれの命を犠牲にしてまでことの真相をひた隠しにかくそうとする当人の気持が理解できるじゃないか。水原君、調査の結果を説明して上げたまえ」

水原は液体を口のなかにほうりこむと、グラスをサイドテーブルにのせて、ポケットからとりだした小さな手帳をひらいた。

「星影さんにいわれて戸塚の佐藤キミ子のアパートをあたってみたんですが、彼女と教授との間に師弟関係とは全く別の関係が、金銭授受を目的とした関係が成立していたことが判りました。佐藤はご承知のとおり渋皮のむけた女ですし、私は流行語をつかうのはいかにも自分が浅薄《あさはか》にみえて好かんのですが、強いて使ってみればその美貌に教授のほうがついふらついたというわけです」

「ふらつきじゃあるまい、よろめきだろう」

と星影氏が注意した。

「だから流行語はきらいだというんでさ。口さがないアパート雀の間では、相手の男が座間教授であることは知りませんがロマンスグレイの紳士であることは話題になっていたそうで、キミ子はこれを伯父であるといってたという話です。ところが最近キミ子に若い男の友達ができた。結局それがどこにもある三角関係になったわけですが、卓越した医学の先生もこうなるとわれわれとおんなじことで、よく口論をしてたそうです」

「するとあの晩教授がでていったのは戸塚のアパートなんだね？」

田所はなにか味気ない気持で訊いていた。

「それやこれやで教授も面白くなかったんでしょう、金の支払いが停滞していた。これは銀行で預金をしらべた結果判ったことなんです。キミ子は金をよこさなければ秘密をバラすと脅迫したんじゃないでしょうかな。そこで教授は雪の中をわざわざ出掛けていったんですが、とうとう話がこじれて、感情にかられたキミ子が、持っていた果物ナイフをつき立ててしまったというわけです。このナイフは六本でセットになってるやつでして、残りの五本が茶箪笥のひきだしに入っていますよ」

水原刑事はキミ子の外出した留守をねらってのぞいて来たというのである。女との関係の明るみにでることを極度におそれた教授が雪の夜道を一途にもどっていった心境も警部にはよく納得できるようになった。

「ことの始まりは教授の独身主義がいけないのだよ。宇宙の森羅万象すべてプラスとマイナスの結びつきでできているんだ。さかしらにそれに逆って独身をとおすなどとは、神をおそれぬふらちな行為と思うね」

そういう星影龍三氏自身が独身なのだが、冗談のようでもありまじめのようでもある。警部はどう受けてよいのか判らずにどっちつかずの微笑をうかべた。

「きみから教授が内出血をしていたと聞いたとき、歩いて帰って来たのじゃないかということを考えたのだよ。それが解決の第一歩だった」

「どうも私は見当ちがいの解釈をしてたもんだから……」と田所は鼻の下をブルブルとこすって、「ところで例の猫を焼いた件、あれを一つ説明していただきたいんですが……」

「ここまで判ってみりゃ簡単なことじゃないか。玄関に彼の靴がおいてあったらとたんに化けの皮がはげてしまう。だから自分の靴は処分してしまわなくてはならないわけだが、最も完全な方法は焼却してしまうことさ。風呂がわいているときけば、炊き口の中でもやしてしまうことを、誰でも考えるじゃないか」

いかにもその通りである。警部はもう一度鼻の下をこすった。

「しかしその臭気が煙突から外にながれれば誰かの鼻粘膜を刺激したものと思わなくちゃならん。だから人の噂にのぼらぬうちに先手を打って、疑惑をほかに転じることが必要だ。それが生物愛護連盟に向けた投書となったんだよ。峯君はあの晩自宅にもどって枕に頭をつけた瞬間、この妙案に気づいたといっていた」

「なるほどね、いわれてみれば一々尤もなことばかりで、それに気づかなかった自分がバカみたいにみえるんですが、峯が足頸をくじいたという推理はどうして出来たんですか」

訊くは一時の恥という諺《ことわざ》を田所は思いだしていた。おそらくこれも簡単な話であろうが、説明されてみぬことにはさっぱり判らないのである。あのとき星影氏はヤマカンであるといい、可能性は三分の一だと妙なことをいったはずである。一体それは何のことなのか。

「キミの話の中からデーターをつかんでいまのべたような推理を組立てたときにだね、当然靴をはきかえたトリックに思い至ったわけだが、さてこの靴というやつは自分の足にピタリと合うか、大きすぎるか、小さすぎるかこの三つの場合しかないじゃないか。教授の靴が峯君の足にピッタリ合った場合と大きすぎる場合は問題ないのだけれど、小さければ足にマメができる。そうかといってこの靴を捨ててしまってはきみの疑惑をまねくから、当分はビッコをひきひきはいていなくてはならない。といってまさか靴が小さすぎてマメをこしらえたとはいえまい。だからビッコのいいわけに足頸を捻挫したと説明するのがきわめて自然だということになるじゃないか」

星影氏はそういって華奢《きゃしゃ》な指でパイプの火皿にせっせとグレンジャーをつめはじめた。

「それじゃあの女が尋ねて来たのは――」

「様子をみるためさ。教授がどうなったか気がかりだったろうからね。と同時に、玄関にぬいであった教授の靴をみたとたんに峯君の嘘をみぬいたかも知れないよ。結果的には自分の身をまもってくれることにもなる嘘をね……」

田所はだまっていた。頭の中では全くべつのことを考えていたのである。先夜星影氏がいった謎のような言葉の意味がようやく解けたからだった。座間家における訊問がすんだ後のことだが、佐藤キミ子をジープでアパートにとどけるように刑事に命じた田所は、彼女が出ていく姿をなにげなく見送っていた。はからずもいまそれを思い出したのである。たしかに犯人は、何等のトリックを使うことなく、堂々と雪の上を歩いて去っていったではないか!

8

犯人はその翌日逮捕され、すべてを自白した。それは星影氏の推理と水原の調査の正しさを裏づける以外の何物でもなかった。

球形の楽園

泡坂妻夫

泡《あわ》坂《さか》妻《つま》夫《お》（一九三三〜二〇〇九）

東京・神田で「松葉屋」の屋号を持つ紋章上絵師の家に生まれる。一九七六年、第１回幻影城新人賞で「ＤＬ２号機事件」が佳作入選。一九七八年に『乱れからくり』で日本推理作家協会賞を、一九八八年に『折鶴』で泉鏡花文学賞を、一九九〇年に『蔭桔梗』で直木賞を受賞する。マジシャンとしても有名で、一九六九年に創作奇術で石田天海賞を受賞。

前方に拡がる藍色《あいいろ》の山並みが、女性の胸みたいに見える。朝の空気も、妙に甘い。いつも見慣れている景色に、新しい刺戟《しげき》を感じるのは、昨夜の首尾が良すぎたためだ。

〈スコーピオン〉にいたのは、神楽坂光子《かぐらざかみつこ》という、何でも知りたがる、ひどく好奇心の旺盛《おうせい》な女性だった。給料や貯金額をしつっこく訊かれるのには閉口《へいこう》だったが、光子がまだ行ったことのない場所に誘うと、すぐついて来たものだ。

「ねえ……弁《べん》ちゃん。また誘ってよ」

耳元のくすぐったい感触が、まだ残っているではないか。

弁造《べんぞう》はトラックを運転しているのが、急に阿呆臭《あほくさ》くなった。一刻も早く仕事を片付け〈スコーピオン〉に駈け付けなければならない。弁造は一段と車の速力をあげた。

蠍山《さそりざん》に向う山道。産業道路を曲ると乾いた砂利の道で、このところ晴天が続くものだから、車の後は濛濛《もうもう》たる砂煙が舞いあがっている。

曲り端《はな》で、道の肩がぐずぐずになっているところがあり、高をくってハンドルを切ったら、後輪がずり落ちかかった。すんでのところで、崖下へ真っ逆さまに墜落するところだった。

「畜生……」

運転席の窓から唾《つば》を吐き棄てる。次の瞬間、道の穴に車輪がはまり込んだようだ。

荷台に積んである十トンの砂利が躍りあがったのが判った。

工事が始まるようになってから、急に道が傷みだしたのである。だが、道路は弁造のものではないし、トラックも会社のものだ。どちらが傷もうが毀《こわ》れようが構わない。トラックの積荷の重量が違反していることも承知の上だ。交通巡査の目が、こんな山奥まで届く気遣いはないので、運転席には酒の用意もしてある。

「くそっ……」

車が穴を踏んだ衝撃で、その一升瓶が弁造の足元で横倒しになった。割れでもしたらどうするか。いつも油をしぼられている交通課へ行き、怒鳴り込んでやろうと思ったが、瓶は割れていなかった。歯で栓《せん》を引き抜き、酒を喉に流し込む。生ぬるくて、旨《うま》くはない。もっとも〈スコーピオン〉で飲む酒とは、値段が大いに違う。

口からあふれた奴を、首に巻き付けたタオルでぐいと拭《ふ》く。その後へ南京豆《なんきんまめ》を放り込む。指に付いた塩を舐《な》める。太く、大きな手だ。

「逞《たく》ましい手ねえ。何の商売かしら？」

昨夜《ゆうべ》、神楽坂光子が、弁造の手を握って、そう言った。

「石に関係あるな」

「……陽に灼けてもいるわねえ。爪の間に砂が入っているところを見ると、河原《かわら》で何かしているんでしょう」

「河原にいることもあるな」

「じゃ判った。考古学の先生ね。石を起こして化石を見付けたりする——」

「似たようなもんだな」

以来、弁造は考古学の学者にされてしまった。

尾根に出たところで、道の傍に停車している車が目に入った。先を急ぐ弁造には、それが障害物としか見えなかった。

車は埃《ほこり》だらけの小さい軽四輪で、じっと止まったままだ。弁造のトラックが近付くと、ドアが開いて、二人の人間が道の真ん中に飛び出した。一人は丸い感じの男で、半袖《はんそで》のサファリジャケットを着ている。もう一人は背が高く、黒っぽい背広にネクタイをきちんと結んでいた。二人は弁造の車に向って盛んに手を振りだしたが、それは毒にでも当って、踊りに似た痙攣《けいれん》でも起こしているように見えた。

「ちっ……」

弁造は舌打ちをした。

間抜けな二人が、慣れぬ山道に入りこみ、車が故障でも起こしたものらしい。勿論、弁造のせいではないし、そんな男に構っている閑はない。

弁造は車の速度を落とさず、軽四輪すれすれに走り抜けた。あおりを食らって、丸い男がひっくり返ったようだ。

ラジオで中里ララが歌を唄っている。弁造も一緒になって唄った。

「――恋しているハートはガラスの細工、棄《す》てないで、毀《こわ》さないで……だってやがら。畜生」

ボリュームをあげようとして手を伸ばしたとき、運転席の窓から、男の顔がにゅっと現われた。

一瞬、幽霊か、と思った。外は疾走する山の景色だ。人間の顔が出て来るような場所じゃない。

だが、たった今轢《ひ》き殺した男が現われるには早すぎる。幽霊だって色色支度《したく》があるはずだ。

「……運転手さん、お願い。助けてください」

と、窓の外の顔が言った。

弁造はブレーキを踏んだ。男は窓の外から車にしがみ付いているようだ。

「一体、お前は、何だ?」

「今通りすぎた車に乗っていた者です。車が故障して困っているんです。助けてください」

「俺はちょっと急ぐんだがなあ」

「そこを何とか力になってください。僕達、昨夜からずっと動けないでいるんです」

弁造は改めて男の顔を見た。

必死の願いが表情に現われ、やや崩れて見えるが、なかなかいい男だった。

「通りすぎたとき、飛び付いたのか？」

「いいえ。通りすぎて、見棄てられそうになったのが判ったものですから、駈け出してやっと追い付いたのです」

「ううむ……」

本当だとすると、よほど足の速い男と見える。昨夜からずっと通り掛かる車を待っていたとすると、可哀相《かわいそう》な気にもなる。こう頼まれた以上、それでも断るというのは、男として恥というものだ。

「負けたよ。仕方がねえ」

「ありがとうございます」

「気を付けて降りろよ。今、車をバックさせるから」

窓から男の顔が見えなくなった。ドアを開けて後ろを見ると、軽四輪は三百メートルも後ろに見える。弁造は車を軽四輪に近付けると、トラックから降りた。

「先生……ちょうど目が覚めたところで、助かりました」

と、窓の男が、軽四輪の傍で待っていた丸い男に言った。言葉の様子では、たった今まで寝ていたようだ。丸い男は至って真面目《まじめ》な顔をして、弁造に深深と頭を下げた。

「私は羽並《はなみ》大学の戸塚左内《とつかさない》と申します。お急ぎのところ、お車をお止め申し、恐縮しております」

弁造は大学の先生なら、知り合いになっていてもいいだろうと思った。相手が先生なら、言葉遣いにも気を配らなければならない。

「こりゃ、御丁寧《ていねい》なお言葉で、痛み入ります。どうぞ、お控えなすって」

「は？」

「いえ、お控えなすって。手前は新生セメントの社員、赤城《あかぎ》弁造と申します。別名そうたの弁。以後、面体《めんてい》お見知りおきの上、向後《きょうこう》万端よろしくお頼申します」

「手前は、亜と申します」

と、窓の男が言った。

「あ？」

「へえ、亜細亜《アジア》の亜という字を書くんでござんす」

「？――――」

字の講釈をされても、その字が一向に浮んでこなかった。

「なるほど、ア、ジ、ア……するてえと、最初の方のアでござんしょうか。それとも、後の方のアでござんしょうか？」

亜はぼんやりした顔で弁造を見て、

「……多分、前の方の亜でござんす」

と、答えた。

「昨夜からずっとここにおいでじゃあ、心細かったでしょう」

「お腹も空きました」

車の傍に道祖神があって、前に団子が供えられている。杉なりの山が崩れているので、食べたのかも知れない。弁造の視線を見て、亜が団子の形をなおした。

「いつ崩れたのかな」

団子の山は一つも欠けていないようだ。亜は弁造の顔を見て、無実を晴らしたような顔をした。

「ところで、車の方の容態は？」

亜の話では、昨日の夕暮れ、突然車がうんともすんとも言わなくなってしまったそうだ。弁造は軽四輪をこづき廻した。

「こうすると、昔のラジオならうまく直ることがあったんだがなあ」

車の中には、何やら複雑そうな機械や撮影の機具が一杯詰め込まれている。

「取りあえず、引っ張ってみるかね」

と弁造は言った。

「この先に、工事現場があるんだ。そこまで砂利を運ぶ途中でね。まあ、砂利を置いたら、町に戻るんだが、なに、引っ張っていりゃあ、途中でエンジンが掛かるでしょう。それで駄目なら、町で買い替えるんだね」

「そうと知っていれば、もっとママからお小遣いを貰っておけばよかった」

と、戸塚左内が言った。

弁造はトラックからロープを取り出し、トラックと軽四輪をつなぎ合わせた。戸塚が運転席に戻り、亜はトラックの助手席に着いた。エンジンを掛け、すぐに出発だ。

亜が鼻をくんくん言わせた。

「――お酒の匂いがしますね」

「なあに、水代わりだ」

弁造は亜をじろりと見た。

「それとも何か。酒を飲んでトラックを運転しちゃいけねえという、法律でもあるのか?」

「あ、ありません」

弁造の気分が変わって、このまま山中に置いて行かれるのを、恐れているようだ。

「じゃあ、何だって言うんだ?」

「ただ……お酒を飲むのなら、お酌《しゃく》をしようと思いまして」

「へん。車の中で盃《さかずき》が使えるかい。ラッパ飲みだあ」

「もっともです」

亜は酒瓶を取り上げ、栓を抜いて、弁造の口に酒を注いだ。それで、弁造の気分がよくなった。

「後ろの車に乗っている人は、何の先生だい？」

「昆虫学の先生です」

「それで、こんな山奥にも来るわけだな」

「学者は研究室にばかり閉じ籠《こも》っていることはありません」

「考古学だってそうだ」

「あれも大変な仕事です」

「で、あんたは何をしているんだい」

「僕の仕事は撮影です。昨日はさそりのダンスを撮ることができました」

「さそりのダンス……ありゃなかなかいいもんだ」

「滅多に見ることができません」

「そりゃ、そうだろう。だが、昨夜《ゆうべ》は俺も見たぜ」

「本当ですか？」

「本当だとも。〈スコーピオン〉に行けば、毎晩見られるさ」

「スコーピオン？」

「さそり会館の地下だ」

「さそり会館なら知っています。僕が泊まっているホテルの前です」

「——というと、ホテルニューグランドサソリだな」

「そうです。ぜひ見たいものですね」

「俺も今夜行くつもりなんだ。もし行ったら声を掛けてくれ」

そのうち、蠍山の山腹に、工事現場が見え始めた。

その場所だけ、緑が削り取られ、赤い山肌が露出している。近付くに従い、何台ものトラックやショベルカー、クレーン車などが見えてくる。その様子はどこの建設現場でも似たような光景だったが、奇妙なのはそれ等が取り巻く、中心に置かれた建物である。

それを建物と呼ぶには、ふさわしくないかも知れないが、人の作り出した建造物には違いなかった。それは、巨大な、白い球だった。

「あ、ありゃ何です？」

亜は座席から腰を浮かし、目を真ん丸にして、前方に乗り出した。

「あれかね」

弁造はにやっと笑って言った。

「ありゃ、さそりの殿様の、要塞《ようさい》だあ」

四谷乱筆《よつやらんぴつ》、蠍山を初め、近隣一帯に土地を所有する、大富豪である。土地の人達はさそりの殿様と呼ぶが、いかにも殿様らしく、乱筆はあまり人の前に出ることはなかった。これは気取っているためではなく、乱筆の人嫌いと、乗物嫌いによるためであった。この性癖は子供のときからで、乱筆は広大な屋敷にある、地下の穴倉に独り玩具《おもちゃ》を持ち込んで、遊んでいることが多かった。

学生期は東京の大学ですごした。その頃、乗物恐怖症は一時押えられていたようだが、老年期に入ると、それが以前にも増した強い性癖となって現われた。それは、全ての生命保険会社から、保険の加入を拒絶される年齢になったのが、きっかけになったという。

他からの救済の望みが絶たれた以上、自分を守るのは自分しかない。人嫌いと乗物嫌いが、今度は自衛という形になって、現われたのである。

乱筆の外出は極度に減った。よんどころない用事のときは、お抱えの運転手で、防弾チョッキに、ヘルメットを着用しなければ、乗車することができなくなった。

その乱筆は、今年の初め、蠍山の中腹に、自分の余生を安全に保つための、建物を作る計画を立てた。それは、防空壕《ぼうくうごう》とも、洞窟《どうくつ》とも、要塞とも、避難所とも言えるシエルターであった。

「なんでも、近いうち、飛んでもない災害が起こるようだぜ」

と、弁造が亜に教えた。

その災害とは、地震、戦争、核爆発、地殻変動、星との衝突、大噴火——何が起こるか知れないという。それに備えての住居である。

蠍山の山腹、固い岩盤をえぐり抜いて、奥深い洞穴を作り、コンクリートで固める。その中には、優に二、三年は暮せるだけの食糧や水、衣類が貯蔵される。住居には自家発電、空気コントロールの機械も設備する予定だ。そして、その上に、特別緊急避難所として作り出されたのが、球形のカプセルであった。

カプセルは鉄と秘密の金属による特別の合金によって作られ、放射線を通さず、高度の衝撃、一万度以上の熱にも耐えることができる。このカプセルの中にいれば、どんな爆弾、噴火、地震が起こっても、どこにいるより生命は安全なのである。洞穴の一番奥にこのカプセルを据え、乱筆はいざというとき、その中に避難する計画なのだ。

「まるで金庫だね」

と、弁造は亜に言った。

「スイスの家庭には、各戸に核シェルターがあるといいますよ」

「そんなにしてまで、生き長らえてえかね」

「さそりの殿様はお金持ちなんでしょう?」

「そりゃあ金冷えのするほど持っているだろう」

「それなら、金庫みたいな住いを作って当然です。お金の次に大切なのは、生命ですから」

「だが、大変な工事だぜ。殿様はあの要塞で、ほとんどその金も使っちまうんじゃねえかって、噂があるほどだ」

「もし地球が全滅するようなことがあれば、僕だって、最後の人類の一人でいたいです」

「俺あ女がいなくなっちゃ、生きてても仕様がねえや」

「さそりの殿様に、奥さんはいるんですか？」

「いないね。十年も前に死んでしまった」

「すると一人暮しですか」

「あんな広い屋敷に、とても一人じゃ住めねえな。屋敷はあの要塞の向う側にあるんだが、そこに甥《おい》夫婦と、その子供達、使用人なんかと住んでいるのさ」

「その甥の人が、次のさそりの殿様になるわけですね」

「そうだ。だが、あの人なら、あんな要塞は作らねえだろうなあ。作るとすりゃ、さしずめ、ヘリポートだろう」

「ヘリポート？」

「そう。こっちの方は、さそりの殿様とは大違い。根っからの乗物気狂いだ。若い頃、カーレースの選手だった。今でも、ジェット機のパイロットにあこがれていて……おや？」

弁造は耳を澄ませた。遠くからサイレンが聞こえてくる。亜も窓から首を出して、後ろを見ていたが、

「パトカーが来ます」

「パトカーだと？」

弁造はハンドルを握りなおした。

「久し振りに、パトカーとレースでもすべえか」

亜はびっくりしたように、その腕に取りすがった。

「何だ。恐えのか、面《つら》に似ず、肝っ玉が小さいじゃねえか」

「恐いことも恐いですが、後ろに戸塚先生の車がいます」

「……そうだ。それを忘れていた」

「忘れちゃ困ります。その上、赤城さんはお酒も飲んでいるでしょう」

「酒なら、お前が無理に飲ませたんだぞ」

「こりゃ驚いたな」

それでも、弁造はしぶしぶ車を傍に寄せ、パトカーに道を譲った。

「畜生、こういうときじゃなかったら、崖から蹴落としてやるのになあ」

トラックが止まった瞬間、後部にずしんという衝撃があった。

「先生、追突しやあがったかな」

と弁造が言った。

「あの車のブレーキは、さっき迄、なんともなかったんですがねえ」

続けざまに、けたたましいクラクションが鳴り響き、トラックの横を、二台のパトロールカーが通り越して行った。たちまち、トラックは白い砂煙に包まれた。亜はむせながらドアの窓を閉める。クラクションは鳴り止まない。クラクションは戸塚の車だ。

「先生、大丈夫でしょうか」

「大丈夫さ。死んでしまえば、クラクションも鳴らねえさ」

「そりゃ、そうです」

砂埃が収まるのを待って、外に出てみる。

戸塚の車は、トラックの尻に潜り込んだような形で止まっていた。二人の姿を見ると、戸塚がドアを開けた。

「ブレーキも効かなくなったんですか？」

と、亜が訊いた。

「いや、ブレーキはしっかりしているんだが、パトカーが突き飛ばして行ったんだ」

と、戸塚が答えた。

「その代わり、エンジンが掛かるようになりました」

「そいつは豪気《ごうぎ》だ」

弁造が見ていると、軽四輪はうんうん言っているうち、トラックの下から自力でバックした。車は鼻柱を折られたボクサーみたいな顔になっていたが、どうにか動くようだ。

「どうするね？」

と弁造が訊いた。

「お陰で一人歩きできるようです。——ところで、さっき山の真ん中に、白い球が見えたんですが、ありゃ何です？」

「あれが、さそりの殿様の要塞だそうです」

と、亜が教えた。

「そりゃ、ぜひ近くで見たいもんですねえ」

弁造は感心した。学者というものは、好奇心が強いらしい。運命が変っていれば、神楽坂光子も学者になっていたかも知れない。

「じゃあ、一足先に行くからな」

弁造はあわただしく山を登って行ったパトロールカーも気掛かりだった。

弁造がトラックに戻ったとき、又、車のエンジンの音が聞えた。これは、建設工事主任たちの車だった。

建設現場はかなり広い台地で、崖縁は展望台のようになっているが、すぐ前に隣の山がせり出していて、眺めはあまりいいとはいえない。

砂利や砂の山の間に、鑿岩機《さくがんき》やショベルカーが並んでいる。岩壁の鑿岩はやっと始められたばかりという感じだが、その前面に据《す》えられている球形のカプセルが異様だ。ちょうど、岩棚に産み落とされた、怪鳥の卵である。

「ううん……」

車から出た亜と戸塚は、感にたえぬように、カプセルを見ていたが、弁造は崖縁に停められているパトロールカーにすぐ気付いた。警察が来たのは、この現場に何か用があるようだ。

弁造は前後して現場に着いた、稲田《いなだ》工事主任の傍に寄った。

「……何か、あったんですか？」

稲田は大きな目をぎょろりとさせた。

「うん。殿様がカプセルの中に入っちまったきり、出て来ねえというんだ」

「へへえ。そりゃ、いつです」

「明け方だというから、もう、三、四時間はたつだろう」

「殿様一人ですか?」

「そうらしい。場合によっちゃあ、カプセルのドアを叩き毀《こわ》さなきゃならなくなるかも知れねえ……」

稲田は顔をしかめた。

現在、カプセルの中はまだ内装されていない。換気孔もなければ電線の入る道もない、ただの丸い部屋なのである。長方形の扉がただ一つあるが、現在、固く閉ざされていて、よく見れば、やっとその筋が見えるだけだ。勿論、緊急の際の避難所として作られているから、扉は特殊な構造で、外からは開けることもできない。そんな場所に長く入っていれば、窒息してしまうだろう。

「殿様は何だって、カプセルになど入ったんでしょう」

「殿様の考えていることなど、判るものか。前から……の気《け》があったしな」

稲田は自分の頭の上で手を廻して見せた。

稲田が言うまでもなく、もともと、こんな山腹に要塞を作ろうという考えからして、尋常ではない。その異常な血を受け継いだかに思える、一組の夫婦の姿が見える。

しばらく、物珍しそうにカプセルを眺めていた亜は、弁造と稲田の会話に耳を傾け、

工事現場に集まった人達を見渡し始めた。当然、その夫婦の姿に目を留めて、目をぱちくりさせた。弁造の傍に寄って、

「……警察の人が来ているのは判ります。パトカーが停めてありますから。でも、パイロットとスチュワーデスがいるのは、近くに飛行機が着陸しているのでしょうか？」

けげんな顔で言う。

「この近くに、空港なんぞないね」

「でも、あすこに警察の人と話しているのは、パイロットとスチュワーデスじゃありませんか？」

その男はがっしりした身体に、紺のダブルの背広、袖には金の筋が見える。大きな記章を付けた帽子に手袋。女性の方はすらりとした均整のとれた身体で、ブランデー色のスーツに同色の船形の帽子、白い手袋。誰が見てもパイロットとスチュワーデスといった服装だった。

「その気になりゃ、俺だってダブルの背広で車を運転することもできるんだ。ただ、俺にゃその趣味がないだけだ」

「……すると、あの人達は、趣味であんな服を着ているんですか？」

「そうさ。さっきも、ちょっと話したろう。さそりの殿様の甥夫婦で、乗物気狂いさ。四谷新太郎《よつやしんたろう》と若菜《わかな》という夫婦。だが、本物のパイロットにゃなりそこなった。勿論、

さそりの殿様の大反対に遭ったからだ。それで、いつもあんな身形《みなり》をしているんだ」

「それにしても、夫婦でよく気が合います」

四谷夫婦は、何人かの警察官に向って、しきりに事情を説明しているようだ。一人の警察官が、工事主任の稲田に何か言っている。稲田は何人かの工事関係者の間を歩き廻る。

一通りの説明が終ったようで、何人かの警察官が、四谷夫婦の傍を離れる。

四谷新太郎は、ほっとしたように、ポケットから煙草を取り出して、火をつけた。細い葉巻だった。マッチの燃え差しを草の中に捨てる。それを目で追っていたが、ふと身をかがめて、草の中に倒れているものを両手で起こした。

見ると、何種類かの動物の顔を彫刻した、一メートルばかりの柱のようなものだ。

「ほう、こんな山に、トーテムポールがありますね」

と、亜が言った。

「昨日、工事人の誰かが、いたずらで立てたものさ」

と、弁造が教えた。

「おまじないか、魔除けなんでしょうか」

「さあ、知らないね」

新太郎は柱を起こすと、手をはたき、何もなかったような顔をして、妻の方を向いた。

「カプセルに近寄らないでください」

一人の警察官が、カプセルの傍にいる弁造達に言った。

「どうしたんですか？」

と、戸塚が訊いた。警察官は戸塚と亜を見較べた。亜は警察官の視線を避けるように、戸塚の後ろに廻った。

「あなた方は、工事関係者ですか？」

「さそり関係者です」

と、戸塚が答えた。

「……カプセルのドアを破壊します。火薬を使いますので、傍にいては危険です。なるべく離れていて下さい」

弁造は稲田の傍に寄った。

「カプセルのドアを毀すそうですね」

「仕方がねえ。このまんまじゃあ、殿様の生命が危くなるんだ」

「新太郎さんの話じゃあ、今朝方、普段あまり外に出たことのない殿様が、外を歩いているのを見付けた。すると、殿様はいきなり駈け出して、このカプセルに飛び込み、ドアを閉めてしまったというんだ。ドアは内側の装置で押しても引いても開くはずがない。内部との連絡もできない。このままじゃ危険だというので、新太郎さんが警察に電話をしたんだ。何でも、最近の殿様は、自分の身に危険がせまっていると、警察に電話をしたこともあるそうだ」

「本当なら、洞穴を掘った後で、カプセルを作ることになっていたでしょう」

「そうだ。それが順序だからな。だが、殿様は、途中から、まずカプセルを作れと言い出した。カプセルは心臓部だ。最も大切なところは最初に作れと言う。避難建物の全てが完成しないうちに災害が起こるかも知れない。とりあえず、カプセルだけでも作っておけば、気が休まると考えていたんだ」

見ていると、カプセルのドアのわずかな隙間に電気ドリルが差し込まれる。ドリルは凄《すご》いうなりをあげるが、とうていドアはびくともしない。

別の工事人が来て、やや拡がった隙間に、細い棒のような物を差し込んだ。棒には導線がつながっている。

全員がカプセルを遠巻きにする。固唾《かたず》を呑んで見ていると、

——どおん。

瞬間、煙が立ち昇って、ドアがめりっと歪《ゆが》んだようだ。
二、三人の工事人が駈け付け、ドアの歪みにツルハシが差し込まれる。こうなると、堅牢《けんろう》なドアもたまらない。太い何本もの閂《かんぬき》のような棒が動かされ、ドアは外側に、ぐ

いと大きく開かれた。

　待機していた警察官は、それぞれ懐中電燈を手にして、中の様子をうかがう。すぐ何人かがカプセルの中に入り、又、出て来る。入れ代わりにカメラを持った係官がカプセルの中に入る。外にいる警察官の動きもあわただしい。パトロールカーの無線の音が聞える。

　見ると、亜が何気なく、新太郎夫妻の後ろに近寄っている。臆病《おくびょう》な割には好奇心が強いようだ。弁造も亜にならって、横歩きで二人の傍に寄った。

　カプセルから出て来た警察官が新太郎夫妻に何か言っているのだ。

「……四谷乱筆氏は、カプセルの中で、すでに死亡していました」

「………」

「死体の状況を見ますと、他殺の疑いがあります」

「他殺ですって？　そんな馬鹿な」

　新太郎はびっくりしたように言った。

「前頭部に打撲傷があります。また、背中にも突き傷が認められます。この傷も自分で付けることは不可能なのです」

「じゃあ、カプセルの中には、叔父を殺した人間がいるのですね？」

「いません。カプセルの中には、乱筆氏の死体だけが横になっていました……」

「ねえ、弁ちゃん。それからどうしたのさあ」

と、神楽坂光子が言った。

「どうもこうも、あるけえ」

弁造は水っぽくなった水割りを、ぐいと飲んだ。

「おい、お代わりだあ」

「判ったわよ。わたしも頂戴《ちょうだい》していいかしら？」

「お前と俺の仲だあ。遠慮なんかするねえ。どんどん飲めえ」

「ご馳走《ちそう》さま。……ボーイさん、頼むわよ。それからどしたのさあ」

「北海盆唄《ぼんうた》じゃねえや。それからどした、それからどしたとしつっこいぞ」

「昨夜《ゆうべ》は弁ちゃんだって、しつっこかった癖に——」

「判ったよ。——お陰で工事は中止だあ。殿様が死んじゃったんだから、まあ、当り前だ。それから、戸塚ってえ先生に道を教えて……」

「帰るところなんか、訊いてないわよ」

「帰らねえで、どうするんだ」

「色色あるでしょう。現場検証で、誰それの指紋が見付かったとか、誰それのアリバイが怪しいとか……」

「そんなの、知るかい」

「じゃ、凶器は？」

「凶器？」

「殿様を殺した凶器よ。凶器の持ち主が割れれば、それが手掛りになる……あらご苦労さん。弁ちゃん、生きのいい水割りが来たわ。飲みながら思い出してよ。凶器はどうしたのさあ」

「……凶器は、なかった」

「なかった？」

「カプセルの中にゃ、殿様を刺した凶器などなかったんだ」

「隅隅よく探したの？」

「探さなくたって、カプセルの中は一目で見渡せるんだ。丸い部屋に隅なんかあるけえ。部屋ん中には、椅子一つ、塵《ちり》っ葉一つ落ちてやしなかったんだ」

「だって、殿様の背中には、刺された傷があったんでしょう？」

「あった。俺も殿様がカプセルの中から運び出されるとき、ちゃんと見たんだ。あまり血は出ていなかったが、服がぶっ裂けていたっけ。見たところ、あまり切れ味のいい刃物じゃなさそうだったな。俺の考えじゃあ、鉈《なた》か斧《おの》でやられたんだ。だが、背中の傷より、顔面の方が凄かったぞ」

「顔も鉈で切られたの？」

「いやあ、あれはぶっ叩かれた感じだな。犯人の手元が狂ったんだ。きっと、鉈の腹で撲《なぐ》られたんだ。刃先で傷にゃならなかったが、それで参っちゃったんだ。何しろ、殿様も年が年だからな」

「でも弁ちゃん、そりゃあ、変だわ」

「何が変だ」

「だって、カプセルには殿様一人だけで入っていたんでしょう」

「そうだ」

「殿様が入ってから、カプセルの扉は内から閂でしっかりと閉められていて、警察が来るまでは開かなかった」

「そうだ。扉を開けるには、爆薬を使うしかなかった。大変だったぜ」

「カプセルには蟻《あり》一匹入り込む隙間もない」

「蟻どころか、空気も入らない。それで大騒ぎになったんだ」

「じゃあ、殿様を殺した犯人は、どこから入ってどこから逃げて行ったのさあ」

「そこだ」

「きっと、秘密のドアがあったのね」

「違うな。警察ですっかりカプセルを調べたんだが、カプセルの出入口は完全に一つだった」

「そんな不思議な話はないでしょう。誰もカプセルに出入りすることができないのに、カプセルの中で殿様が死んでいた、なんてさあ」

「お前も警察とおんなじ考えだな。考えを飛躍させることができねえから、いつまでたっても解決しねえ」

「――どう考えを飛躍させるのよお？」

「いいかい。こりゃあ、殿様が人間に殺されたと思うから、辻褄《つじつま》が合わねえ」

「すると？」

「ものの祟《たた》りだ、と思ってみねえ」

「……じゃあ、殿様を殺したのは、幽霊？」

「そう考えりゃあ、すっきりするだろう」

「恐いわねえ……」

「あのさそりの殿様が産まれた家筋だ。昔どんな変り者がいて、人をひどい目に遭わせていたか知れねえじゃねえか。その怨《うら》みが、今になって現われたんだ。因果《いんが》だなあ……」

「怖いわよ。弁ちゃん」

「震えてんのか」

「お尻がぎゅうと、すぼまってさあ。今夜独りじゃ寝られそうもないよう」

「この野郎。誘惑しようてのか」

「昨日誘惑したのは弁ちゃんだわ」

「……おい、どこへ行くんだ」

「おトイレよう」

「お前ぐれえ小便の近え女はいねえな」

「だって、弁ちゃんがあんまり恐い話をするもんだからさあ」

すぐ、光子は戻って来たが、一人ではなかった。弁造が見覚えのある、二人の男と一緒だった。

「この人達、弁ちゃんを尋ねていたのよ。お知り合い？」

と、光子が訊いた。

「やあ、戸塚先生。それに……アジアの亜さんもか。よく来たなあ」

「ここへ来れば、さそりのダンスが見られると戸塚先生に話したら、そりゃぜひ見たいと言うもんですから、一緒に来ました」

「そりゃあよく来たなあ。まあ、ここへ坐れよ。おい光子、酒だあ」

「はあい。水割りでいい？」

戸塚と亜は席に着いたが、何か落ち着かない様子であたりをきょろきょろ眺めている。

「こちらは……昆虫学の先生。矢張りねえ。弁ちゃんのお知り合いは、大学の先生なんか多いのねえ。……それに、弁ちゃんよりずっと上品でいらっしゃるわ。それから、こちらの方。まあ、わたしとしたことが、お洩《も》らししそうになったりして……あなた、ハーフ？　それとも、クォーター？　だって、わたし今までこんなに素晴らしいお顔の方、見たことがありませんわ。そう、あれは確か、外国の俳優さんで、ええと……」

「本当にここでさそりのダンスが始まるんですか？」

と、亜が訊いた。

「まあ――こちら、それがお目当てだったんですか？　お顔に似合わず腎張《じんば》っていらっしゃること。……あら、もう始まりですわ」

ちょっと場内が暗くなった。中央のフロアに甘いスポットライトがつくと、思い入れたっぷりなサックスの音が響きだす。

ライトの中央に踊り出たのが、真っ赤なドレスを着た、豊満な女性で、音楽に合わせて、全身をたわませた。

「……どうも、違うようです」

呆《あ》っ気《け》に取られたように踊り子を見ていた亜が言った。

「違わねえよ。静かに見ていな」

と、弁造が言った。

戸塚も何か落ち着かないようで、尻をもじもじさせている。

踊り子はまんべんなく客席を見渡しながら、怪しい笑いをうかべていたが、すらりと赤いドレスを脱ぎ捨てた。下は黒いブラジャーとパンティだ。

「いいぞ、いいぞ」

と、弁造が怒鳴った。

踊り子はちょっと弁造の方を見たが、何を思ったのか、ゆっくりと歩み寄って、いたずらっぽい目で戸塚を見て、背を向けた。

「……ホックを、外してよ」

戸塚の顔が、真っ赤にふくらんだ。

「こいつあいいや。さあ先生、ブラジャーを外すんだ」

戸塚の指が震えている。

「じれってえな。手伝ってやろう」

「……助かります」

ブラジャーが外れると、玉のような乳房が転がり出した。

踊り子はフロアの中央に戻ると、パンティも取り去った。正面を向くと、前に黒黒としたものが見える。

「……さそりだ」

亜が唸った。

踊り子の肌にぴったりと吸い着いた黒いさそりは、二つの鋏をふり上げて、下腹部に挑みかかろうとしているようだ。踊りが段段と煽情《せんじょう》的になる。

「どうだい、気に入っただろう」

弁造は自慢した。

「最後には、あのさそりも落っこちるんだぜ」

踊り子は客席の間を一巡している。身体の動きで、作り物のさそりは、生きて動いているように見える。

踊り子は再び弁造の席に近寄った。

「さあ、先生。さそりを生け捕りにするんだ」

と、弁造がわめいた。

「……でも、ママが……」

「ママだって?」

弁造はその言葉が戸塚の口から出たとはとうてい信じられなかった。

「まあ、可愛いのね」

と、踊り子が笑った。

「そんなら、俺が……」

弁造が手を伸ばした。

「あんたは、いつも出しゃ張るわね」

「さあ、皆に見えるように、こっちへ向け」

「専門家に助言する気？」

踊り子は身体をひねると、弁造の肩を突いた。

もののはずみとはこれだろう。踊り子の力は決して強くはなかった。だが、弁造は中腰になっていた。酔いも手伝ったから、弁造の身体は床の上に横ざまにひっくり返った。

見ていた客が笑い出した。

「……この野郎。やりゃあがったな」

踊り子はもう軽やかにフロアの中央に戻っている。弁造はそれに向って突進した。

「ちょっと、お客さん――」

弁造の腕を取ったのは、タキシードを着た、目付きのよくない男だった。間の悪いことに、弁造の嫌いな種類の男だった。

「裸でデュエットでも、なさんで？」

「勿論だ」

「そんなら、楽屋の方からお出んなって下さい」

ぐいぐい腕に力を入れて、引き立てようとする。弁造はかあっとした。

「利《き》いた風なことを抜かしやがって！」

弁造のアッパーカット。

これが実によくきまった。相手は宙を飛んで行くと、弁造のいた席の上でひっくり返った。テーブルのガラス器が、一斉に飛び散った。

同時にかん高い悲鳴が響き渡った。見ると近くの席にいたらしい三角形の顔をした小柄な洋装の老婦人が立ち上っている。服の胸が水びたしだ。水割りをもろに浴びたらしい。

「——これを、どうしてくれるの！」

通り掛ったボーイにむしゃぶりつく。

「この、出しゃ張りめ」

弁造の後頭部が、ぐゎんといった。よろける足を踏みしめると、第二撃が打ち下ろされる。それは辛うじて避けた。踊り子の武器は椅子だった。

その椅子をもぎ取ると、踊り子は悲鳴をあげて逃げてゆくから、逃すものかと追い掛ける。

「警察だっ」

誰かが怒鳴った。

その瞬間だ。だーんとピストルをぶっ放した奴がいる。

フロアにシャンデリアのガラスが降りそそぎ、全員、総立ちになった。

「ママ、助けて――」

戸塚の声がする。

亜はどうしたことか、神楽坂光子を背中にかばい、大勢のボーイたちを前にして、獅子奮迅《ししふんじん》の戦いだ。弁造は加勢に行きたいのだが、自分に恥をかかせた踊り子を先《ま》ずぎゅうと言わせたい。

とうとう、バーのカウンターの隅に踊り子を追い詰めた。

「助けて！」

悲鳴を聞いて、亜に掛かっていた何人かのボーイが駆けつける。

踊り子は、とっさにカウンターに置いてあった酒瓶を、逆手《さかて》に持って身構えた。

「そ、それは困るんです。別の瓶にして下さいよ」

カウンターの中にいるバーテンが、酒瓶を取り戻そうとする。よく見ると、それは酒ではなく、中にガラス細工の帆船が入っている、ボトルシップだ。

「それを作るのに、一年もかかったんだ」

だが、踊り子はそんなことには耳も貸さない。

「——近付くと、撲《なぐ》るわよ！」

そこへ、一団となって、亜たちがなだれ込んで来た。チャンスとばかり、弁造も踊り子におどり掛かる。

踊り子が酒瓶を振り下ろすのが見えた。弁造は体をかわしたが、その下には別の頭が見えた。

「ぎゃあ……」

その頭は亜のものだった。亜はしきりに首を振って、カウンターに両手を突いた。

「丈夫な頭ね」

踊り子は感心したように言った。踊り子が持っている瓶は割れなかったが、中に作られている、ガラス細工の帆船が粉粉だ。

亜はそれを見ると、白目を出してひっくり返った。

「ねえ、弁ちゃん。それからどしたのさあ」

と、神楽坂光子が言った。

「どうもこうも、あるけえ」

弁造は生ぬるくなったアイスコーヒーを、ぐいと飲んだ。

「お代わりする?」

と、光子が訊いた。

「コーヒーは酔わねえからなあ。もう沢山だ。お前はもっと飲むか」

「わたしももういいわ。亜さんは?」

「僕も、これで充分です」

「それに、ちっとも冷えていないじゃない。この缶コーヒーは」

「済みません、いつも、こうなんです」

「何も、亜さんが謝ることなんかないわよ。このロビーだって、狭くって、暑くってさ」

「電気をけちってるんだな」

「全く、ホテルニューグランドサソリのサービスは悪いったらないわよ。さっきも小銭を両替えしてもらったんだけど、両替えが面倒なら、販売機など置くなって言いたいね」

「まあ、安いんだから、それも仕方がねえだろう」

「おや、弁ちゃんは一晩警察に泊められただけで、ずいぶん気弱になったわねえ」

「昨夜は気が昂《たか》ぶっていたから、ろくに寝ていねえんだ」

「僕は朝の食事には参りました」

「そうだろうなあ。だが、よく寝ていたようだぜ」

「僕は割合、どこででも寝られる方なんです」

「でも、光子は気が付いて、よく迎えに来てくれたなあ」

「弁ちゃんが気の毒でさあ」

「ついでに、アジアの亜さんの顔も見たくなったんだろう」

「そんなこと訊いてないわよ。昨夜のことさあ。それからどしたのさあ」

「そう、それだった。何しろ戸塚先生の顔にさそりが貼《は》りついたんだから、こりゃ大笑いだった」

「それから後のことよう、わたしが訊いてるのは。ほら、警察が大勢やって来て、暴れている人は全部捕まって、踊り子は別な意味で捕まって、と思ったら、さそりの殿様を殺した犯人も捕まった、と聞いたわよ」

「ちょっと待てよ。色色なことが一度に起こったからなあ。それに、酔っていたしなあ。――さそりの殿様を殺したのは、幽霊じゃなかったのか？」

「違うわ。幽霊なら警察などに捕まるわけはないでしょう」

「……うん、そうだ。アジアの亜さんだ。確か、あんたが、警察の誰かに、殿様を殺した犯人を教えていたっけなあ」

「じゃあ、亜さんも殿様を殺した仲間なの？」

「いや……僕は殿様を殺したりはしませんよ。ただ、僕は警察に捕まるのは嫌ですから、警察の協力者であることを知らせたかっただけです。それで、たまたまさそりの殿様を殺した犯人が判りかけたときだったので、その意見を警察に言っただけです。そうすれば、僕が警察への反抗者でないことが判り、自由にしてくれると思ったわけです」

「でも、そんなことを言い出す人間は、いよいよ怪しいというので、亜さんも結局は捕まってしまったなあ」

「あれだけは、僕の誤算でした」

「そうすると、亜さんが、さそりの殿様を殺した犯人を当てたわけ？」

「ええ……まあ」

「まあ、素敵ねえ。いえ、言っちゃ悪いけど、あなた違ってさあ、第一印象は凄くいいんだけれど、よく付き合ってみると、昆虫の生態とストリップと間違えたり、何かとんちんかんなところがあったでしょう。だから、お頭《つむ》の方は、ちょっと、どうかな、と思っていたわけ。じゃあ、亜さんは警察にも判らないことを解決したのね」

「いや、解決の方は、今、警察がしているところです。僕はただ、事件の解き方に、ちょっとヒントを教えただけです」

「また、偉いわ。普通の人じゃ、なかなかそうは言えないものよ、男は何かっていうとすぐ自慢して、俺は名探偵だなどと威張り散らすのにねえ。亜さん、それからどしたのさあ」

「……別に、どうっていうことはないんですが、警察では僕の言葉から、殿様を殺した犯人の容疑者として、四谷新太郎夫妻を逮捕したそうです」

「犯人は幽霊なんかじゃなかったわけね」

「つまり、新太郎夫妻は、これ以上さそりの殿様にお金を使ってもらいたくなかったのでした」

「……なるほどなあ。戦争や災害が起きたとき、同じ避難するんだったら、あの人達なら、飛行機かなんかで逃げ出す方だろうな。蠍山にヘリポートでも建設するのなら、賛成だったろう」

「実際、新太郎夫妻は、最初のうち、殿様が亡くなったときは、その避難所を改造する気でいたようですね。ところが、殿様の構想は日とともに大規模になっていったのです」

「そりゃ、亜さんの言う通りだなあ。あの工事費で、殿様の財産がなくなってしまうんじゃないかと、他人事《ひとごと》でなく心配する奴もいたものなあ」

「カプセルが完成すれば、マシンガンや大砲なんかも具《そな》えるかも知れないって言っていた人もあるわ」

「だから、殿様を知っている奴は、あの建物を要塞と呼んでいるんだ」

「それでは、殿様の財産を襲《つ》ぐ新太郎夫妻は、大変に困ることになるでしょう。無論、話し合いはあったでしょうが、もともと、殿様はそれをもっともだと聞ける人じゃありません。逆に、新太郎夫妻は自分の財産を狙っていると考え、新しい強迫感が起こったようです」

「工事の途中、殿様がカプセルの製作を急がせたのは、それが理由だったんだな」

「あのカプセルに逃げこんでしまえば、殿様は絶対に安全でしたものね。一方、新太郎夫妻は、殿様が自分達のことを少しも考えてくれない。工事の規模は大きくなるばかりだ。このままだと、本当に四谷家の財産はなくなってしまうと思い、最後の手段として、殿様の殺害を本気で考えるようになりました」

「殿様はそれに気付かなかったの？」

「無論、気付いていたでしょうね。自分に対する迫害には、ひどく敏感な人ですから、そして、昨日の朝、四谷家で、どんないきさつがあったか、それは現在、警察で調べているところでしょうが、殿様は新太郎夫妻に、斧で背後から襲われたのです。殿様はいつでも夫妻を疑っていた、その行動を油断しなかったためか、その襲撃で命を落すことはありませんでした。殿様は命からがら逃げ出し、自分が一番安全な場所だと思っている、カプセルの中に入り、ドアをしっかりと閉めて、外から絶対に開かぬような装置を施してしまいました」

「でも、空気が通わないから、長くはいられないわけでしょう」

「そうです。でも、殿様はそれをちゃんと計算していました。カプセルの中でしばらく待っていれば、工事関係者が何人もやって来る。それまでじっとしていれば、生きていられるだけの空気はある、とです。工事関係者の集まる時間が来たところで、カプセルの扉を開けて外に出る。真逆《まさか》、新太郎夫妻は大勢の工事関係者がいる前で、自分を襲うことはできない。そして、今度は新太郎夫妻が自分を襲った証拠の傷もあり、警察に引き渡してしまうこともできるのです。カプセルの中にいた間、殿様は楽園にいるような気分で過したと思います」

「それじゃ、今度は新太郎夫妻の方が困ってしまったでしょうね」

「そうです。ここまで来てしまった以上、殿様を生かしておくわけにはゆきません。工事関係者が現場に来てしまえば、それまでですから、誰もいない間に、殿様の息を止めてしまわなければなりません。けれども、カプセルの扉を外から開けることはできない。これは新太郎夫妻も充分に知っています」

「新太郎夫妻は、結局、カプセルの扉を開けずに、中にいる殿様を殺すことができたのね」

「一つだけ、方法がありました」

「幽霊の力を借りたの？」

「違います」

「そんなら、どしたのさあ」

「──つまり、カプセルを一つの容器と考え、中に入っているものを毀《こわ》す方法を考えればよいのです」

弁造は思わず、あっ、と言った。

「……さそりのダンスの踊り子が、亜さんの頭をボトルシップでひっぱたいたとき、瓶は毀れず中のガラス細工が毀れてしまった、あれだ」

「そう。あの踊り子さんは僕の頭を丈夫だと言ってくれましたが、もう少しで、脳味《のうみ》噌《そ》の方が駄目になるところでしたよ。──カプセルと殿様とを比べると、ちょうど、丈夫な瓶と毀れ易いガラス細工のようではありませんか。僕は中の毀れたボトルシップを見たとき、犯人が殿様を殺した方法が、同じ原理だと判ったのです」

「すると、そのとき殿様を殺したのが新太郎夫妻だということも、判ってしまったの？　亜さんが新太郎夫妻と出会ったのは、昨日が初めてなんでしょう？」

「僕が初めて新太郎夫妻を見たとき、新太郎さんはちょっと説明に苦しむようなことをしていました。それがボトルシップを見ると同時に、奇妙に思い出されて、僕の頭の中で結び付いたのでした」

「昨日の新太郎さんなら、俺だって見ている。だが、説明に苦しむような動作なんかには気付かなかったぞ。あの人は、いつもお気に入りのパイロットの服装で、警察に向って、しきりに事情を説明していただけだったじゃないか」

「その後で、草の中に倒れていた、トーテムポールを起こしました」

「倒れていたから起こしたんだ。不思議はないだろう。昨日、亜さんが俺の車を止めたとき、道祖神に供えてあった団子の山が崩れているのを、直したじゃないか。あれと同じことさ。新太郎は柱が倒れていたから、起こしたんだ」

「いえ、それは違うんです。僕の場合、お腹を減らしたので、お供えの団子を食べたんじゃないかというような顔を赤城さんがしたので、神様のお供えには手を付けませんという意味から、あの団子の山をなおしたのです。決して、無意味な行動ではありませんでした。ところが、工事現場で新太郎さんが見せた行動には、そういった意味が全く感じられませんでした。工事人の誰かが、閑つぶしに作り出したトーテムポールが倒れているからといって、わざわざ自分の手を汚して立てなおす必要があるでしょうか。それも、さそりの殿様がカプセルの中に入ってしまい、警察の世話にならなければならないようなときに……」

「そう言やあ、少し、変だ」

「これにはきっと、新太郎さんにとって、トーテムポールが倒れていてはいけない、わけがあるに違いありません。けれども、それが何であるか、僕にはさっぱり判らないまま、記憶に残っていたようです」

「それを思い出したのね？」

「新太郎が柱を立てなおさなければならなかった意味も判ったんだな？」

「そうです。トーテムポールが倒れたということは、最近、トーテムポールが倒れるような自然現象が起こったと考えられます。例えば、昨夜のうち、大風が吹いたとか……」

「ここのところ、ずっと穏やかな日だったわ」

「地震があった、とか」

「昨日、地震なんかなかった」

「とすると、人工的なことが考えられますね。大きな物を落としたときの地響き……あのトーテムポールは粗末な作りでしたから、小さな地響きにも、すぐにひっくり返ってしまったでしょう。けれども、新太郎さんにとって、トーテムポールが倒れるような地響きがあったことを、誰にも知られたくなかったわけです」

「そう言やあ、柱を立てなおした後、新太郎は、知らん顔でもするように、かみさんに何か話しかけていたなあ」

「あの現場で、地響きがあったことを知られまいとして、新太郎さんがトーテムポールを立てなおした、と考えれば、カプセルの中のさそりの殿様を殺した方法も、すぐ判るじゃありませんか。奥さんはそのとき傍にいて協力したかも知れませんが、直接手を下したのは、自動車の専門家だった新太郎さんの方だったでしょう。新太郎さんは、現場に置いてあったクレーン車を動かし、中にいる殿様ごとカプセルを上空に吊《つ》り上げ、いきなり地上に落としたのでした。ちょうど、ボトルシップが、僕の頭に衝突した状態になるわけでしょう。従って、殿様の頭にあった打撲傷は、凶器で撲《なぐ》られたためにできたのではなく、吊《つ》り上げられたカプセルが地上に墜落したときできたものでした」

「――つまり、犯人はカプセルの扉を開けずに、中にいる殿様を殺すことができたのね」

「警察ではその考えに沿って、捜査を進めてゆくようです。その前に、新太郎夫妻は重要参考人として、警察に呼び出されたようです」

「素晴らしいわ。亜さん、きっと警察で感謝されたでしょう」

「ということはないのです。昔から専門家に助言すると、ろくなことはないのです」

「専門家といえば……戸塚先生の姿が見えないわね」

「先生はずっとさそりのダンスに夢中です」

「さすが、こんな事件のあった直後、研究を忘れないとは偉いな」

「いえ、先生が今夢中なのは、昨夜見たショウです。ですから彼女が昼間出演している〈スコーピオン劇場〉へ、お弁当を持って行きました」

不透明な密室 Invisible Man

折原一

折原《おりはら》一《いち》（一九五一〜）

一九八五年、「おせっかいな密室」がオール讀物推理小説新人賞の最終候補作となる。一九八八年に、同作を含む短編集『五つの棺』を東京創元社より刊行してデビュー。同年に初長編『倒錯の死角《アングル》』も刊行する。『冤罪者』や『帝王、死すべし』など叙述トリックにこだわった長編が特徴的である。一九九五年、『沈黙の教室』で日本推理作家協会賞を受賞。

1

白岡の駅前は、夜の八時をすぎると、ほとんどの店がシャッターを下ろし、しんと静まり返ってしまう。駅に電車が到着するたびに、勤め帰りのサラリーマンが、吐き出されて、駅前は一時的ににぎわうが、たちまち暗闇に吸いこまれるように消え、元の静けさが訪れる。

いつもと変わらぬ白岡の夜だ。

しかし、そんな白岡にも駅前広場の裏手に喧噪《けんそう》の一角があった。みちくさ横丁といって、バー、スナック、赤提灯が五、六軒固まっているにすぎないが、町民の数少ない溜まり場になっていた。

そのうちの一つ、バー「紫苑《しおん》」。

重厚な造りの木のドアを手前に引くと、冷房の効いた空気とともに、演歌の旋律と調子っぱずれの歌が、店の外にあふれ出し、束の間、静かな夜を震わせる。

狭い入口なのに、中は意外に広く、ボックス席が八つにカウンター席がいくつかあった。席はほぼ埋まっている。

「やあ、素晴らしい歌でした」

店の中央のカラオケ・コーナーから、五十年配のでっぷり太った男が汗を拭きながらもどってくると、ボックス席で百八十センチもありそうな、和服姿の眼光鋭い男が、拍手をしながら立ち上がった。

「いつもながら、島崎《しまざき》部長の歌には感服します」

見えすいたお世辞だが、島崎と呼ばれた男は満足そうにうなずく。

「いやいや、とんと不調法なものでね」

島崎は接待される側だ。両隣に女子大生くらいの年齢の美女をはべらせ、頬をだらしなくゆるませていた。

和服の男はひとしきり歓談した後、島崎のそばにぐぐっと近づき、耳元にささやいた。

「島崎部長のおかげで、町民センターの工事を請け負わせていただきまして、まことに感謝にたえません」

和服の男の頬の、鋭い刃物で切られたような古傷は、これまでの険しかった人生を言葉以上に物語っている。そのボックス席には、和服の男の取り巻きらしい黒い背広の男が二人付き添っていた。パンチパーマで目つきが鋭いとくれば、どのような素姓の人間か想像がつこうというものだ。

「部長には、いろいろご便宜をはかっていただき……」

和服の男は声をひそめた。「これは、ほんの気持でございます。どうぞ、お収めください」

男の懐から、さりげなく白い紙包みが取り出され、テーブルの下から島崎に手わたされた。

「ほう、これはこれは……」

島崎の相好が崩れた。彼は右の掌に包みを乗せて、金額の重さを計っている。

「こんなことしてもらって、すまないね」

「とんでもございません。今後とも、これまで以上のお付き合いのほど、よろしくお願いいたします。さあさ、もういっぱい」

ホステスがさらに二人呼ばれ、座が一気に盛り上がった。酒が進んで、島崎が和服の男に言った。

「さあ、今度は清川《きよかわ》社長、あんたが歌う番だ」

「いやあ、どうも。私のほうは歌はまるっきりだめでして」

と言いながらも、清川はまんざらでもない表情で腰を浮かせかける。そして、「じゃあ一曲だけ」と口にすると、カラオケ・コーナーのほうへ向かった。

流れてきたメロディーは、軍歌だった。やわらかなムードの店内に、軍歌のリズムは場違いだった。しかし、清川は周囲の困惑をよそに、真顔で背筋をピンと伸ばし、直立不動の姿勢で歌い出したのである。

これには、接待された島崎も度胆を抜かれ、隣のホステスに何事が起こったのかと耳打ちした。

「いつものことなのよ」

ホステスは苦笑しながら言った。「清川組の社長さんたら、街宣も熱心だからね」

「がいせん?」

「右翼の街頭宣伝活動よ」

「ははあ」

それで納得が行った。清川組の右翼活動は、噂には耳にしていたが、実際目のあたりにしてみると、島崎部長の背筋にうすら寒いものが走るのである。

清川のほうを選んでおいてよかったと思った。もしも、細田《ほそだ》建設のほうを指名していたら、清川組からいやがらせをされていたかもしれないのだ。

島崎清司《せいじ》は白岡町の建設部長だった。白岡の町民センターの建設に際して、清川組と細田建設の二つの会社が入札に乗り出してきたのだが、島崎は清川誠蔵《せいぞう》からしつこく接待攻勢をかけられた経緯があった。

「ひとつ、うちのためによろしく」

と札束が積まれた。そんな清川の強引なやり口に、島崎は最初反発をおぼえたのだが、ちょうど家のローンや息子の大学入学で、金が入り用な時だったことも重なって、つい心が動いてしまったのだ。公共事業の建設に関しては、島崎が責任者である。細田建設の入札額についても、おおよその額を入手できる立場にいたから、清川にその情報をこっそりもらすことができた。

その結果、地元の細田建設が落札するという大方の予想を覆して、白岡に進出して間もない新興の清川組が落札してしまったのだ。島崎部長の工作については、誰も知らなかった。ただ一人を除いては。

その時――。

突然、バーのドアが開いて、五十くらいの頭の禿げた小男が、よたよたと入ってきた。

「あら、細田さんだわ」

ホステスが言った。清川組に対抗する細田建設の社長の登場は、事情を知る者に、いやな予感を抱かせた。島崎はまずいなと思いつつ、細田に見つからないように、うつむいた。

細田は酔っぱらっているらしく、足下をふらつかせながら、店の中をぐるっと見まわした。そして、その視線が店の中央で軍歌を熱唱している清川に向いた。

「まずいことになりそうねえ」

ホステスの声に、島崎がおそるおそる顔を上げると、細田がカラオケ・コーナーまでおぼつかない足取りで進んでいくところだった。彼はそばにあった折りたたみの椅子をいきなりふり上げた。

「この野郎、ふざけやがって」

店内のすべての視線がカラオケ・コーナーに向いたが、突然のことなので、誰も呆然として、声を出せないでいた。軍歌はまもなくエンディングを迎えようとしているが、夢中で歌っている清川の目に、襲撃者の姿は映っていないようだった。

椅子が清川の頭に打ち下ろされようとするその時、清川の腕がピクッと動いた。一瞬の出来事だったので、誰もが狐につままれたような気持だった。

曲のエンディングに合わせるかのように、細田の小さな体が宙を飛び、床に激しく打ちつけられた。一方の清川といえば、和服の埃を軽くはらう仕草をしただけで、顔色も変えず、落ち着いた足取りで自分の席にもどってきた。

「社長、さすがね」

ホステスが、うっとりと清川を見つめる。

「愚か者め、俺にかなうと思ってるのか」

清川は店の中央にうつぶせのまま動かない細田をさげすむように見た。バーテンがカウンターから出てくると、コップに入った水を細田の顔にかけた。

するとと細田はウーンと呻いて、首をふりながら、目を見開いた。最初、自分がどこにいるのか、思い出せなかったようだが、バーの中の全員の好奇のこもった視線を感じると、顔をしかめながら立ち上がった。

「畜生！」

細田は、清川の姿を見つけると、そのボックスに近づいてきた。そして、そこに町の建設部長の姿を認めると、顔を真赤にして怒り出した。

「くそ、おまえら、やっぱりつるんでいやがったな」

細田は、人差指を島崎の鼻先に突きつけた。

「ご、誤解だよ、細田さん。私は今後のことを清川さんと打ち合わせするために……」

島崎の顔は蒼白だった。

「部長、こんなやつの言うこと、気にすることはありませんぜ」

清川がニヤリと笑いながら、島崎の肩を叩く。

「で、でも……」

島崎の唇が、ぶるぶると震えている。

「おい、おまえら、このハゲをつまみ出せ」

清川が部下に一言告げると、部下の一人が細田のワイシャツの襟を軽々とつかんで、ドアのほうへ連れていった。

「清川、おぼえてろよ。おまえを必ず殺してやるからな」

引きずり出される細田が、ののしった。

「殺してみるがいい、負け犬め」

ドスのきいた声で、清川がやり返す。

「きっと呪い殺してやる。おまえも同罪だ、島崎部長！」

ドアが開かれ、細田の体が店の外に放り出された。わめき声が、店の中にまで届いてきた。

「だ、大丈夫だろうか。清川さん」

島崎がみっともないほどうろたえ、ポケットから紙包みを取り出し、清川に返そうとした。

「まあ、あんなやつのことなんか、気にすることはありませんよ」

清川は島崎の腕を軽く叩き、紙包みを無理やり引き取らせた。

2

「た、大変です」

廊下をバタバタと駆ける音がして、竹内刑事が白岡署捜査一係の部屋に飛びこんできた。

「警部、一大事!」

部屋の中では、黒星警部が一人でデスクの上に足を乗せ、のんびり昼寝をしているところだった。八月十五日。お盆なので、ふだんに輪をかけて暇なのである。警部は退屈で死にそうだった。

白岡署管内で起こる事件といったら、信号機のない交差点での交通事故か、犬も食わない夫婦喧嘩の仲裁がいいところ。これでは手柄の立てようがないから、いつまでたっても、関東平野のド田舎から抜け出せない。

出世は、もう永久に無理かもしれない。あーあ。

肩を揺すられて、黒星は夢の中から無理やり現実の世界に引きもどされていった。

「警部、寝ている場合じゃありませんよ」

竹内が耳元で怒鳴っている。

「うるさいなあ。もっと寝かしてくれよ」

「警部が好きな大事件です。起きろお!」

竹内が絶叫した。

「わ、わ、何だ」

鼓膜がびりびり震え、黒星は慌てて起きなおった。その衝撃で茶碗が倒れ、飲み残しの茶が警部の股間を汚した。アチャッ。

新調の白いズボンに、黄色いシミがたちまち広がっていった。

「こ、この大ばかもの。これ、せっかく買ったばかりなのに。ばかばか！」

ハンカチでぬぐっても遅かった。知らない人が見たら、きっとオシッコをちびったと勘違いしてしまう。なんで、俺は……。

「すみません」

二十五歳の新米刑事は、顔を紅潮させたが、ただちに真顔にもどる。「警部、それどころではありません。大事件が勃発しました」

「ボッパツとは大げさな。こんな町に大事件が起こるわけないじゃないか」

だいたい、この若い刑事は落ち着きがなく、いつも小さなことを大きく言うきらいがある。どうせ、お盆の帰省のUターン連中が玉突き事故を起こしたか、老人がゲートボール場で乱闘騒ぎを起こしたくらいのものだろう。ふん、まったく。

「密室です。警部」

「み、み、み……」

竹内の口から思いがけない言葉が飛び出してきたので、警部は腰を抜かしそうになった。

「ばかもの、どうして、先にそれを言わんのだ」

太陽がジリジリと照りつける真夏日だった。冷房のよく効いたパトカーの中で、ようやく気持を落ち着かせた警部に、傍らの竹内が状況を説明し始めた。

「殺されたのは、清川組の社長の清川誠蔵です」

「え、あの大男がか？」

清川組の社長といえば、プロレスラーといっても通用するほど力が強そうな男だった。周辺には常に黒い噂の絶えない男だ。そばにはいつも屈強の男たちを従えているのに、そんなにあっさりと殺されるものだろうか。しかも、密室で……。

「今日の正午頃、執務室の中で、胸をナイフで刺されたらしいです。たった今、通報がありまして、こうして現場に向かっているわけであります」

「その執務室とやらが、密室だったのか」

警部の口許が不謹慎ながら、ほころびかけた。それが本当なら、嬉しい話ではないか。待ちに待った密室だものな。

「ええ、どうもそうらしいです。現場には鍵が掛かっていて、中には入れないそうです」

「それで、死んでるのがわかるのか？」

「ええ、ガラス越しに、社長の死体が見えるそうです。あちらには、現場保存するように言ってあります」

「よし、わかった」

時刻は十二時二十分。警部の頭の中は、密室のことでいっぱいになった。密室を自らの手で打ち破ることの期待感で、体の芯がぞくぞくしてきたのである。

清川組は、白岡署から車で十分ほどの新興の住宅地の付近にあった。丈の高い生け垣に囲まれた広大な庭の中央に、白い外装の真新しい二階建の家があり、庭の一隅に事務所、作業場、木材置場などがある。大型トラックが二台と、日の丸に「北方領土早期奪還」と書かれた黒塗りの街頭宣伝車が、並んでいた。

事件があったということは、屈強の男たちが一階のテラスの近くでおろおろと落ち着かなげに動きまわっていることでもわかる。黒星たち白岡署の一行が近づくと、中から五十年配の一番格上らしい男が進み出てきた。男は専務の高橋庄吉《たかはししょうきち》と名乗った。

「社長が殺されたんだって？」

警部が訊ねると、高橋は「はい、あちらです」とテラスの張り出した部屋を指差した。

テラスの向こうに問題の部屋があった。サッシ窓で閉めきられた部屋は、十畳ほどの洋間で、中央に応接セット、右の壁に書類やファイルの入った棚、棚に接して、木製のライティング・デスクがある。

　ソファのそばに和服姿の大男があお向けに倒れており、はだけた胸にナイフの柄が突き立っていた。ナイフが栓の役目をしているのか、胸元以外に血はあまり流れておらず、赤い鮮血がテラス付近から倒れた地点まで点々とつづいているだけだ。一目で死んでいることがわかる。

「死体をいつ発見したんだね？」

「十二時十分くらいです。私が社長のところへ仕事のことで伺おうとしたところ、社長があのように倒れていたわけでして」

　サッシ窓は、内側から掛け金が差しこまれていた。もう一つの出入口は、窓の反対側のドアで、そこにも錠が下ろされ、チェーンが掛かっている。

「他に入口はないね？」

「はい」

「よし、この窓を破るのが一番てっとり早いようだな。竹内、君は念のために向こうのドアのほうへまわってくれ」

　警部は竹内が家の中に入るのを確認してから、鑑識の係員にガラス切りで錠の近くに丸い穴を開けさせた。係員は手袋をはめた手を穴に差しこんで、開錠した。

途端に、血のにおいのまじった熱気が顔に押し寄せ、警部は軽い吐き気をおぼえた。冷房は入っていなかった。こんなムッとする密閉された空間で、清川が殺されていたことに違和感をおぼえた。

被害者は、死後一時間もたっていないと思われた。おそらく死後三十分くらいのものだろう。心臓の近くを一突き。かなり強い力で刺されたようだ。生きていても、せいぜい一分くらいだろう。

ドアのチェーンをはずすと、竹内が入ってきた。ドアに細工した形跡はない。部屋の中を見まわしたが、秘密の抜け穴がある様子もない。密室の中に、犯人はおらず、死体しかないとなれば、まず自殺と考えるのが妥当だろう。清川は自分で胸を突いて、自殺した。

「いや」

警部は笑った。「違うんだな、それが」

何でも密室にしたがる黒星警部は、ムッとする暑さの中で喜びを嚙みしめていた。密室、ついに出会った密室事件。これが喜ばずにいられようか。

ウヒョッと、しゃっくりのような音が喉からもれた。

洋間は板敷きで、絨毯は敷かれていない。白いクロス装の壁、そして天井。部屋の中には、蟻《あり》一匹這《は》い出る隙間もなかった。

「こいつは、とんでもない密室だ」

と警部はつぶやく。これを解き明かすのが、彼の腕の見せどころだった。謎を解明すると、フフ、栄転、出世の道が開かれている。

監察医の見るところ、死亡したのは、正午から十分の間だろうということだった。発見が早いことが幸いした。致命傷はもちろん、胸の刺傷だ。

「どうです。警部」

興奮気味の竹内が、黒星警部の耳元でささやいた。「警部の大好きな密室でしょう?」

「ばか、大好きがよけいだ。不謹慎なやつめ」

「でもね、警部、状況から見て、どうしても自殺としか考えられないですよ」

「フフ、おまえはまだ青いな。これは自殺に見せかけた殺人なのだ」

確かに、すべては自殺を示している。現場の部屋の中には、犯人もおらず、死体と凶器だけなのだから。

警部は、鑑識が現場を撮影するのを横目で見ながら、テラスに出た。テラスの外で、心配そうにしている専務の高橋に訊ねる。

「おい、君、社長に自殺する動機は考えられるかね?」

「とんでもないですよ。今度の町民センターだって、うちが落札しましたし、すべて順調な時でしたのに。何で社長が今自殺しなくちゃならんのですか」

「フフッ、そうだろうな」

自殺の線は、やはり薄そうだった。密室のお膳立てがそろいつつあった。

「警部さん、犯人はわかりきってますよ」

「え？」

高橋が突然思いがけないことを言ったので、警部はずっこけそうになった。「何だ、それ！」

「犯人は細田に決まってます」

「細田？」

「ええ、細田建設の社長、細田大作《だいさく》です。あいつときたら、今日もこのまわりをうろついていましたし」

「社長を殺すためにか？」

「ええ、町民センターの入札で負けたことで、社長を恨んでましたし、殺してやると言ってるのを、かなりの人間が聞いてます。ここんところ、社長のあとをしつこくつけまわしていたくらいですから」

「ほう、そうかね」

清川を殺したいほど憎んでいる者が、一人現れた。

「おっと、それはそうと、家族の連中はどうしてるんだね？　ここへ来てから、一度も顔を出してないじゃないか」

「はあ」

高橋が顔をくもらせる。「奥さんは昨日から頭が痛いと伏せってますし、大奥さんは例の調子でして」

「例の調子？」

「はあ、ここがちょっと」

高橋は頭を指差す。「かなり惚けていなさるんで」

「ははあ、老人性痴呆《ちほう》だな。他に家族は？」

「息子の太郎《たろう》さんがお盆でたまたまもどってきていますが、こちらも例の調子で」

この家では、例の調子というのが多いようだ。

「どういうことだね？」

「私の口からこんなことを言うのもなんですけど、不肖の息子なんで、はい」

高橋は顔をしかめて言ったが、ちょうどその時、二階からズーンと大きな音が響いてきた。耳をすませると、ロックのミュージックらしい。死人の出た家だというのに不謹慎な。

「ケッ、なんてやつだ」

警部は舌打ちをすると、竹内刑事に家族を呼びにやらせた。

数分後、現場に現れた三人は、驚いたことに、この家の当主の死に接してもほとんど変化を見せなかった。ショックを受けた様子もなく、平然としているのだ。

息子の太郎というのが、なるほどばか息子で、髪を黄色く染め、真中をトサカのように立てている。高円寺に行けば見かけそうなロック・ミュージシャンのたまご風だ。年は二十そこそこに見えた。体格は父親とはまったく異なり、ひょろ長いモヤシのようだった。

妻は四十代の半ばで、生活に疲れたような女だ。顔だちは息子によく似ており、今まで寝ていたためか、腫れぼったい顔をしている。小さいが、体がぶくぶく太り、まるで白豚といった印象だ。

母親といえば、八十はすぎているのだろう。背が丸まり、白髪をふり乱し、焦点の定まらない目を部屋のあちこちに這わせていた。息子の死体を見ても、意味がわからないらしい。

「へえ、親父、死んじまったのか。何も、このくそ暑い時に死ぬこともないだろうに。チェッ」

太郎はにくにくしげに言葉を吐き捨てる。

「お盆にお葬式。フン、呆れてしまうわよ。自殺？　まったく、人の都合も考えないで」

　これが妻の言いぐさだから、呆れてしまう。

「とうさんが帰ってきた、とうさんが帰ってきた」

　老母はぶつぶつとそんなことをつぶやいていたが、彼女の頭の中は盆に帰ってきた亡き亭主のことでいっぱいのようだ。廊下のほうから、線香の匂いが漂ってきていた。

　ともあれ、被害者は家族の人間には好かれていないことが、これではっきりした。だが、そのために、清川は自殺をするだろうか。世をはかなんで？

　フン、冗談じゃない。

　黒星警部には、清川の死は他殺以外に考えられなかった。

「もう、それしかないじゃないか」

3

　清川誠蔵を殺そうと、つけ狙っていたという細田大作は、任意同行の形ですぐに白岡署に連れてこられた。

「清川のやつ、自殺したんですってね」

　取調室で黒星警部と面と向かうや、細田は晴れ晴れとした表情で言った。頭の髪の薄い小男は、警察に呼ばれたというのに、態度はやけに落ち着いている。

「そう思う根拠があるのですかな?」

「当然ですよ。あの男は役場のお偉方に賄賂《わいろ》を贈って、うまい汁を吸っていましたからね。それがばれそうになって、きっと良心の呵責《かしゃく》に耐えられなくなって自殺したんだと思いますよ」

「あんたは清川を殺したいほど憎んでいたそうじゃないか」

「もちろんです。あんな腹の黒いやつは、死んで当然です。神様が生かしておくわけがありません」

「あんたが殺《や》ったのとちがうのかね」

「と、とんでもないですよ。殺してもあきたらない男ですけど、実際に手をくだすなんて、絶対にありません」

細田の目に、ずる賢そうな光が宿った。

「駅前のバーで、あんたは清川に襲いかかったそうじゃないか」

「あれは、酔っぱらっていたからです。私の力じゃ、あいつに歯が立たないことは、体を見てもわかるじゃないですか。清川にはボディガードがいつもついてるし、あいつ自身、柔道や空手の有段者なんですからね。あの時は襲いかかったと思ったら、目にも止まらぬ早業で吹っ飛ばされてしまいました。ハハハ」

警部は、バー「紫苑」での出来事を耳にしていたが、細田の話したことにほぼ間違いはない。

細田建設は、白岡に古くからある土建会社で、細田大作で三代目になる。そのため、町の公共事業関連は一手に引き受けていたが、新興の清川組が勢力を伸ばすにつれ、業績が極端に落ちこんでいた。

だから、先月の白岡町民センターの入札に会社の浮沈がかかっていた。会社の事業を建てなおすために、ぜがひでも指名を受ける必要があったのだ。ところが、疑惑の入札により、そのもくろみははずれることになった。入札の不透明さについては、署にも話が伝わってきたが、それを裏付ける肝心の証拠が乏しく、うやむやになっていた。

その一件以来、細田建設に不渡り小切手が出たとか、社長自らが金策に走りまわっているなどといった芳《かんば》しくない情報が、まことしやかに伝えられていた。

八月になって、憔悴しきった細田が清川組の近くをうろうろしているのが最初に目撃されている。三日前には、門から中に入ろうとしたところを、社員に見つかり、ほとんど袋叩きの状態で追い出されている。それにも懲りずに一昨日も昨日も、門の外から清川を罵倒する言葉を吐いていたという。「殺してやる、おまえなんか」と。

そして、事件の起きた今日の正午近くに、やはり清川組の門前に立っている細田の姿が目撃されている。

「細田さん、今日のことを話してもらいましょうかね」

「どういうことですか?」

細田は額にかすかに不安の色を浮かべた。

「ほう、とぼける気ですか?」

「何のことを言ってるのか、私にはいっこうに」

「この期におよんで、しらばっくれるな。あんたが正午前に、清川組の門から中をのぞいてたことは、ちゃんと調べがついてるんだ」

警部はデスクを強く叩いた。

「あ、そのことですか」

細田は平然としたものだった。「警部さんのおっしゃる通り、確かに清川の家まで行きました」

「そんな時間に何をやってたんだね?」

「高校野球の放送を聞いてました」

細田はポロシャツの胸ポケットから、トランジスタラジオを取り出した。スイッチをオンにすると、金属バットでボールを打つ音や観衆の声援が響いてきた。第三試合、五回裏の攻撃である。

「イアホンをつけながら、これを聞いていたんですよ」

細田は、イアホンのプラグを再びラジオに差しこみ、耳にイアホンをあてた。

「このカンカン照りの暑い中をかね？」

「ええ、私は高校野球に目がないものですから、散歩しながら聞いてるうちに、いつの間にか清川の家の近くに来てしまっていたわけなんです」

「で、清川の家の前で怒鳴ったのか。『清川、死ね』って？」

「ま、ついでですから、怒鳴らずにはいられなかったんです」

「それじゃ、聞くけど、試合の結果を言えるかね？」

黒星が突っこむと、細田はよくぞ聞いてくれたとばかりに、第一試合と第二試合の結果と途中経過をニュースだけでは知れないような内容まで、くわしく話してくれた。

「ううむ」

怪しいが、これ以上、突っこむ材料がなかった。

黒星は部屋にもどると、これまでの経過を整理してみた。

正午になる直前に、清川組の門前で細田大作の姿が、社員たちに目撃される。しかし、庭の中の作業場近辺には十人近い社員が働いていて、もし細田が忍びこんだとしても、彼らが見逃すはずはない。今日も社員の一人が、すぐに門に飛んでいって、細田を追いはらったくらいだ。

清川邸に入る方法は、他にはない。家の裏側は高さ三メートル近い鉄条網があるし、社員も適当に散らばっているからだ。正門からテラスまで、約三十メートルほど。透明人間でもないかぎり、細田による犯行は不可能のようだった。

「しかし……」

4

清川家で捜査をつづけていた竹内が帰ってきた。

「何か新しいこと、わかったか?」

「ええ。まず凶器のナイフですけど、どこの店にでも売っているようなありふれたもので、購入先の特定は不可能のようです」

「そうか。死亡時刻は?」

「正午から二、三分の間ということです。発見が早かったので、かなり絞りこめました」

「よし、つづけろ」

「被害者は、ほとんど無抵抗で、テラスの付近で刺され、そのまま部屋の中央部まで歩いたところで、絶命したものと思われます。刺されてから、ほんの十数秒ほどでしよう」

　竹内刑事は、そこで顔を上げた。「あのう、警部。この事件は、内部の人間の犯行かと思えるんですが」

「どうしてだね？」

「あの連中、ひと癖もふた癖もあります。第一に家の主人が死んだというのに、悲しい顔ひとつ見せないし、清川が死ねば、莫大な財産を相続するのですよ。動機の重さからいったら、細田大作の比ではありません」

「うむ」

　黒星警部は腕組みをしながら、捜査一係の部屋から、前面に広がる田園を望んだ。強烈に照りつける真夏の太陽に、穂の出かかった稲は、白茶けて見えた。

「清川の死んだ状況を見ると」

　竹内は言った。「抵抗する様子を全然見せていません。ということは、彼を殺したのは、彼と親しい間柄の人間じゃないかと思います」

「なるほど」

　警部はゆっくりとうなずいた。竹内の言っていることにも、一理あると思った。たとえ、細田大作が社員の目をかいくぐり、テラスから執務室に忍びこんだとしても、清川誠蔵を刺すのは、並大抵のことではない。相手は体が大きく、どんな攻撃にも素早く対応できる様々な術を身につけているのである。

「だけどな、竹内君、細田が清川を油断させておいて、いきなり攻撃すれば、殺せないことはないぞ」

「現実問題としては、むずかしいんじゃないですか。清川は風のようなわずかな動きにも敏感に体が反応します。相手が腹に一物《いちもつ》ある人間とくれば、清川が警戒をゆるめるわけがありません。もし、細田が首尾よく清川を殺しても、逃げる時に清川組の社員に見つけられるおそれがあります」

「うむ」

第一の難関は、門からテラスまでの三十メートルを気づかれずにいかに接近するか。第二の難関は、清川誠蔵自身。第三の難関は、テラスから門までの逃走。

三つの壁を崩さないで、犯行におよぶのは、至難のわざに思える。

「それに、密室の問題があります」

竹内は汗をふきながら話しつづける。「どうして、鍵の掛かった部屋で、清川は殺されていたのか。しかも、心臓を一突き」

「犯人は自殺に見せたかったのかもしれんぞ」

「まあ、犯人の意思はそんなところでしょうが」

「じゃあ、おまえは誰がやったと思ってるのかね？」

「清川の前にいて、彼に警戒心を抱かせない人物です」

「つまり家族が犯人だといいたいんだね？」

「そういうことです」

警部は、清川の死体を前に、平然としていた三人の顔を思い浮かべた。

「まず、息子の太郎から考えてみようじゃないか」

金色のトサカ頭のいかれた若者。「あの男、家を継ぐ気はあるのかな」

「なかったようです。父親への反発からあんな道に進んだということですね。右翼の権化のような父親から見たら、最低の息子でしょう」

「お互い、嫌っていたんだろうな」

「もちろんです。太郎にしてみれば、父親が死ねば、財産が半分もらえるわけです。充分な動機にはなりますね」

「でもな、清川が遺書に太郎に財産は残さないと書いた可能性もあるぞ」

「その場合でも、遺留分として、最低四分の一はもらえる権利はあるんです。勘当されてはいても、その辺は、法律では保護されているんですね」

「遺産の総額はどのくらいか、調べたか」

「会社所有の分とかいろいろ複雑なところはありますけど、まず十億を下らないらしいですよ」

「ほう、太郎の取り分は、最低でも二億五千万か。税金を差っ引かれるにしても、相当なもんだな」

「顧問弁護士に問い合わせたところ、清川は遺書を残していなかったようです」

「というと、半分相続か」

「ねえ、臭いでしょう?」

「清川を自殺に見せかけて殺せれば、太郎にとっては願ってもない展開になる」

警部はうなずく。「しかしね、竹内君よ。あの親子、お互いに憎しみ合っていたんだぜ。太郎が執務室に入っていけば、清川が警戒しないわけがない。清川が隙を見せることはありえないと思うがな」

太郎の体格は、清川誠蔵のそれよりはるかに貧弱だ。どう攻撃しても、かなわないのは、細田大作と同様である。

「犯行時刻に太郎はどうしてた?」

「執務室の真上の自室で、ステレオを聞いておりまして、ステレオの響きは、庭にいた社員が何人も耳にしています」

「現場の真上の部屋ってのが臭いけど、天井には仕掛けはないわけだから、上から忍びこむわけにはいかないな」

「はあ、それはそうですけど……」

竹内の歯切れが急に悪くなった。黒星は若い部下の困惑する表情を満足げに見た。フフ、ういやつよ。部下は愚かなほうがいい。

「次は女房だ」

清川道江《みちえ》。四十六歳。「清川の死で恩恵を受けるのは、彼女も太郎と同じだ。配偶者だから、全財産の半分をもらう権利がある」

「夫婦仲は、完全に冷えきっていたようです。清川には愛人がいまして」

「ほほう」

「ほら、『紫苑』のママですよ。噂では、清川は離婚を考えていたらしいですね」

「その話を女房は知っていたのか？」

「もちろんです。町内で知らない者はいないですよ」

「もし、それが本当なら、女房としては、離婚することになっても、莫大な慰謝料を請求できるぞ。夫を殺してまで、すべてを失う危険を冒すとは思えんのだがな」

「そこが弱いかなと思います」

「事件当時、彼女は何をしてた？」

「二階の太郎の隣の部屋で寝ていたそうです」

「それを証明するのは？」

「お手伝いの女が付き添っていました」

「だったら、女房は除外されるか。次は清川の母親だ」

清川ハナ。八十三歳。

「何しろ、ボケたふりをしてることは、考えられんかね？」

「ボケた老人ですからね」

「まあ、八十を超えた婆さんですし、ボケる演技をしていないことは、見ていればわかりますよ」

ハナは、五年前に完全に痴呆状態になり、放浪癖があるので、二階の一室に閉じこめられているらしい。

「幽閉状態みたいなもんだな」

「いつも、窓辺に座って、外を見下ろしているようです」

「じゃあ、事件のあった時、彼女は窓の下を見ていたわけだ」

警部は、さっきハナが「とうさんが帰ってきた」とつぶやいているのを思い出した。

「婆さんに一応聞いてみたか？」

「ええ、『とうさんが帰ってきた』と言うばかりで、話になりません」

5

清川誠蔵を殺す動機を持つ者は、他には見あたらなかった。

清川は部下の面倒見がよく、部下から恨みを買うことはまず考えられない。もし、社員たちが結託して、清川を殺しても、主を失った清川組は分解することは目に見えていた。清川の死は、彼らにとって、百害があるだけで一利もない。

事件は、八方ふさがり、手詰まりの状態になった。

そうなると、臭いのは、細田大作ということになる。細田のあのふてぶてしい笑い。心情的に彼はクロなのだが、その決定的な証拠が見つからないのだ。

黒星警部は、もう一度現場の様子を見るために、竹内刑事を伴って、署を出た。

午後四時半、太陽は西に傾いているが、依然勢いを失っていなかった。途中、通過した白岡銀座通りは閑散としていた。

「ヘッ、田舎だな。白岡一の繁華街が聞いて呆れるぜ」

警部は白岡という町にどうしても愛着を持てなかった。時間帯からすれば、夕食の材料を求める買物客で通りはごった返してもいいはずなのに。銀座通りの名前が泣いている。そして、警部はこんな田舎から動けない自分が情けなく思えるのだった。

「閑散としているのは、高校野球のせいですよ、警部」

竹内が警部の視線を追いながら言った。「埼玉県のチームが出てるから、みんなテレビの前にかじりついてるんです。ちょうど今、七回の裏です」

「おまえ、よく知ってるな」

「ええ、実はこのラジオで聞いてましてね。エヘヘ」

竹内はぺろりと舌を出し、ラジオのイアホンを抜いた。途端に、甲子園の喧噪が車内に響いた。

「ばかもの、職務中だというのに。おまえという奴は……」

警部の拳が竹内の脳天に落ちた。

パトカーが電気店の前に差しかかると、ディスプレイ用の大型テレビの前に、黒山の人だかりができていた。試合がちょうど終わったのか、拍手の音がパトカーにまで届いてくる。地元校の有利な展開になっているのだろう。

「地元が勝っているんですよ」

竹内が顔を輝かせ、ガッツポーズをとった。この男、県外の人間のくせに、白岡に無理なく溶けこんでいる。

街中を抜けて、とある寺の前にさしかかると、提灯をぶら下げた人々であふれていた。線香の匂いが風に乗って、パトカーの中にまで入ってきた。

そうか、今日はお盆の送りか。
そんな日に勃発した怪事件――。

　　　　　　　　　・

清川組は、ひっそりとしていた。社長の変死事件ということで、葬儀の準備もままならず、黒い薄ものを着たパンチパーマの男たちが、手持ち無沙汰げに街頭宣伝車の前に車座になっている。

立入禁止のロープの張られた現場のテラスには、警官が一人、立ち番をしている。

黒星警部は、門の前に立つと、現場までの距離を目測した。右手の社員たちの視線を浴びずに、現場に近づくのはきわめて困難に思えた。試しに、こっそりとテラスに向かったが、たちまち社員の鋭い視線を浴びた。

衆人環視の一種の密室状況。しかも清川の死んだ部屋も密室だから、二重の密室ということになる。二つの密室は複雑だが、その間の接点を見出すと、意外に簡単に謎が解けるのではないかという気もする。

警部は現場を前にして、事件のおさらいをした。

まず、十二時数分前に、細田大作が、清川組の門前で社員に見つかり、追い返される。その頃、被害者はどうしていたのだろう。

専務の高橋に聞いてみると、清川は午前中は執務室にこもって、書類に目を通したりしていたとのことだった。

「冷房はつけていないのかね？」

「冷房なんて、とんでもない。日本男児たる者、軟弱であってはならんというのが社長の座右の銘だったくらいで」

なるほど、右翼活動をしている者が、冷房のある部屋で暑さをしのいでいては、部下たちに示しがつかないのであろう。

「しかし、いくらなんでも、この暑さで部屋を閉めっきりというのもどうかな？」

密閉された空間は、とんでもない暑さだ。そんな異常な空間で、被害者は無抵抗の状態でナイフを受けて死んでいた。

「社長は、いつも窓は開けておられました。夏ですから、そりゃ当然ですよ」

「それもそうだな」

しかし、犯行時刻には窓はちゃんと閉まっていた。

「思い出せる範囲でいいから、十二時前後のことを話してくれないかね」

「そうですね。十二時五分前くらいに細田のやつが門のあたりをうろうろしてましたが、その頃、社長は確かテラスへ出ておられたことをおぼえています」

ほぼ同時刻に、容疑者と被害者が庭をはさんで立っていた。それから、約五分の間に何かが起きた。透明人間が清川を殺して、開いた部屋を密室にして、逃走したのか。

「社長の叫び声は聞いてるかね？」

「いいえ、聞いていれば、すぐに駆けつけていたと思います」

「二階の連中は、どうしてたかね？」

「太郎さんは、窓を開けてステレオを聞いていました。ご母堂は窓から下を見ていました」

「二階からテラスに下りることはできるかな？」

警部は息子の太郎が二階からロープをつたってテラスに降り立ち、犯行におよんだ可能性を考えたのだ。しかし、これも庭の社員の目を逃れてできることではないとわかった。上り下りにけっこう時間もかかることだし……。

誰も見ていないのに、ナイフが清川の胸に刺さり、密室が構成された。すべての状況が、透明人間の犯行を示唆している。

「透明人間か――」

警部がそうつぶやいて溜息をついた時、突然、稲妻のごとく頭の片隅に閃くものがあった。

そうか、そうなんだ。この密室、解き明かせば、他愛ないものだ。

「おい、竹内。謎が解けたぞ」

「え、ご冗談を」

竹内がずっこけそうになった。

「ばかめ、この黒星様に解けない謎はないのだ」

「へっ、それはおみそれしました。で、犯人は？」

「よくぞ聞いてくれた、聞いて驚くなよ。ムホホ」

警部の気分は昂揚していた。「犯人は細田大作だ」

「え、どうして、そんなことになるんですか？」

「フン、未熟者めが。ちょっとここを働かせれば、すぐにわかることだ」

警部は自分の頭を指差し、こばかにしたように竹内を見た。「いいか、現場の状況をよおく考えてみるんだ」

彼は有頂天だった。もう少し早く気づいてもよかったが、それもご愛嬌だろう。最後に勝てばいいのだ。

「鍵はテラスの窓だ。犯行時刻の正午前後の状況と、ナイフ。それから門の外にいた細田。これらの要素をつなぎ合わせると、必然的に答えが出る」

「僕には全然わかりません」

「いいか、よく聞け。清川を公然と殺すと言っていた細田は、ナイフを持って、門の陰から清川組の中の様子を窺っていた。一度は社員に追い返されたが、すぐにもどってきて、また様子を探る。そこへ、ちょうど清川自身がテラスに現れる。細田は千載一週のチャンス到来とばかりに、ナイフを清川めがけて投げつける」

「わかった。それが清川の胸に刺さったというわけですね」

「その通り。衆人環視の中で起こった一つの密室トリックってわけさ。誰も犯人を見ていないのは当然だ」

「じゃあ、執務室の密室は？」

「テラスで胸にナイフが突き刺さった清川は、とっさのことで、次の攻撃を避けるために必死でテラスの窓を閉め、内側から錠を下ろしたんだ」

「へえ、すごい。それで密室が完成したのか」

「まあな」

「でも、そんなに簡単にナイフが刺さるものでしょうか」

「刺さってしまったんだから、仕方があるまい」

ああ、これで栄転だ、出世だ。こんな田舎警察とも、永遠の訣別《けつべつ》だ。黒星警部は得意の絶頂にいた。

その時、タイミングよく鑑識からの報告が届いた。それによれば、テラスと清川の体から、細田大作の毛髪が数本見つかったということだった。

「え、嘘」

それは、細田がテラスにいた清川に近づいたことを意味し、黒星の説を根本から引っくり返した。

「せ、せっかく、解けたと思ったのに……。畜生！」

突然、二階の太郎の部屋から、サイレンが聞こえてきた。

「あ、甲子園だ」

竹内が頭上を見ながら言った。高校野球の第四試合の終了とともに、勝ったチームの校歌が流れてきたのだ。それは、黒星にとって、まるで葬送行進曲のように聞こえた。お盆なのに、縁起でもない。

「あ、そうか」

今度はなんと、竹内が雷にでも打たれたように、背筋をピンと立てた。「け、警部、わかりました」

「わかったって、何のことだ？」

警部は急に不安に駆られて、興奮して頬を紅潮させている竹内を見る。

「あたりまえじゃないですか、事件の真相ですよ」

「ばかめ、そんなばかな……」

「僕、ちょっと調べることがありますから、失礼します！」

竹内は、最後の言葉が終わらないうちに、駆け出していた。

「お、おい、待ってくれ」

6

犯人の自供で、事件はあっさりと幕を閉じた。

終わってみれば、犯人は細田大作だったのである。推理の筋道はちがったが、犯人が同じなので、黒星警部はかろうじて面目を失わないですんだ。

「俺の推理もけっこういい線いってたのにな」

「あと一歩及ばずといったところですね、警部」

鑑識から毛髪が見つかったという報告があったが、それは、細田が白昼堂々、清川に近づいて刺し殺したことを意味していた。

「それにしても、犯行現場へ誰にも見られずに行くトリックがあるとは、びっくりしたな」

警部はいまいましそうに言った。「おまえ、どうして気がついたんだ」

「エヘヘ」

竹内はよくぞ聞いてくれたとばかりに、満面に笑みを浮かべる。

「ヒントになったのは、高校野球です。あのサイレンのおかげで……」

「サイレン？」

「ええ、こんなことを言うと、また怒鳴られるかもしれませんけど、実はお昼にラジオで高校野球を聞いていたんです。その時もやはりサイレンが鳴りまして……」

「早くつづけろ」

「今日は何の日か知ってますか？」

「お盆だろう」

「その通りです。でも、終戦記念日でもあるわけですよね。あのサイレンを聞いて、ぼくは正午のサイレンを思い出したのです。高校野球の場合、試合中でも、正午になると試合を中断して、一分間の黙禱《もくとう》をします」

「……………」

「一分間の中断。それが清川組でも行われたのではないかと考えたんです。清川組の連中は、右翼活動もやっているくらいですから、当然、終戦記念日の正午には、仕事を中断して、黙禱したとしても、不思議ではありません」

黒星警部は、黒い薄ものを身につけた男たちが、うつむいて黙禱するさまを思い浮かべた。

竹内は先をつづける。

「正午近く、犯人の細田大作は清川組の門前付近をうろついていました。耳にはラジオのイアホンをつけて、高校野球を聞いていますから、ちょうど正午の黙禱の様子も耳にしていたはずです。たまたま、細田が目を上げると、驚いたことに、清川組の連中が戦没者のために首を垂れて黙禱をし、テラスには清川自身も現れて黙禱しています。細田の頭にその瞬間、妙案が浮かびました。彼はとっさにナイフをにぎりしめ、清川の立っているテラスに駆けつけます。黙禱中ですから、誰も彼の行動を見ていません。そして、まんまと清川を刺すことに成功すると、誰にも見られることなく、再び門外に去ります。その間、一分弱」

「ふうむ、そうか、一分間の黙禱が終わって、社員たちが目を開けてみたら、すでに犯人の姿はなく、密室の中に清川の死体が転がっていたということか」

「その通りです」

「俺が疑問に思うのは、なぜ清川は執務室の鍵を下ろしてしまったかだ」

「それは、さっきの警部の推測通りだと思います。次の攻撃を防ぐために閉めたのか、あるいは細田のような小男にあっさりと刺されてしまったことで、部下に示しがつかないと思ったのか、どちらかでしょう。今となっては、確かめようがないですがね」

＊

現場検証のために、清川組に連れてこられた細田大作の姿を見て、二階の窓辺に座っていた清川ハナが、「とうさんが帰ってきた」と叫び出した。何でも、かつて復員してきた彼女の夫が、細田のように頭が禿げていたため、彼女が自分の夫と勘違いしたものらしい。

犯行当時、細田の侵入を目撃していたのは、ボケ老人一人だけだった。彼女は嘘を言っていなかったのである。

梨の花

陳 舜臣

陳《ちん》 舜臣《しゅんしん》 （一九二四〜）

一九六一年、『枯草の根』で江戸川乱歩賞を受賞してデビューする。一九六九年に『青玉獅子香炉』で直木賞を、一九七〇年に『玉嶺よふたたび』と『孔雀の道』で日本推理作家協会賞を、一九七一年に『実録アヘン戦争』で毎日出版文化賞を、一九七六年に『敦煌の旅』で大佛次郎賞を、一九九二年に『諸葛孔明』で吉川英治文学賞を受賞。九五年には日本芸術院賞も受賞している。

1

「まぶしくない？」

婚約者の坂谷芙美子《さかやふみこ》が、病室のグリーンのカーテンを、注意ぶかく半分ほどひらいて、たずねた。

浅野富太郎《あさのとみたろう》はベッドのうえで、上半身をおこして、坐っていた。今日はじめて、からだをおこすことを許されたのだ。彼は傷口を刺激しないように、ゆっくりと首を振った。

「そんなにまぶしくはないですね」

三階にあるこの病室の窓からは、秋晴れの、輪郭のはっきりした景色が見はるかせた。すぐ下は、農学部の実験農園である。大事な実験でもはじめたのか、最近、農園のまわりに、竹で高い柵がめぐらされた。浅野が入院したころは、まだ三分の一ほどしか、柵はできていなかった。文学部の建物の裏に、長い竹竿が山と積まれてあったのだ。いまは、柵もすっかり完成している。

農園のむこうが文学部で、その右端に、文化史研究所の小さな建物が、半分のぞいている。大学食堂は、かくれて見えない。

十日のうちに、めっきり秋らしくなった。十日まえは、まだ夏の名残りをとどめていたのだ。研究所のなかで、彼は備えつけのキャンバス・ベッドに寝て、毛布を腹のうえにのせていただけだった。岩乗《がんじょう》な鉄格子がはまっているので、窓はあけたままにした。そこから、ときどき、すずしい風がはいってきたのである。

「あのときは、もっとまぶしかったの?」

と芙美子はたずねた。

浅野は微笑しただけで、返事はしなかった。

「ごめんね」と芙美子はあやまった。「まだ、あんまりしゃべってはいけなかったのね」

意識が回復したあと、あのときの模様を、なんべんも警察からたずねられた。立会いの医師が、執拗な警察の訊問をある程度チェックしたけれど、浅野はかなり疲れたものだ。

答えることは、そんなに多くはなかった。被害者の浅野自身、なにがなんだか、わけがわからないのだから。

被害者が命をとりとめた場合、たいてい犯人がわかるものである。だから、警察では、重傷の浅野が意識を回復すれば、事件は解決される、と考えたらしい。

彼らはまちかまえていた。

意識をとり戻したとき、浅野の目に最初に映ったのは、ベッドをとり囲んでいる、制服や私服の刑事の列であった。ぼんやりした意識のなかで、彼がもとめたのは、いうまでもなく、芙美子のすがただった。しかしそのとき、彼女は刑事たちのうしろにかくれて、見えなかったのだ。

――なん時ごろでしたか？

それさえわからない。

N大学の文化史研究所につとめている浅野は、最近、論文をまとめるために、月のうち半ばは研究所にとまりこんでいた。その日も、研究所の一室で、彼はおそくまで資料をしらべていた。午前二時ごろ、折りたたみのキャンバス・ベッドを部屋の中央にひきずり出して、横になった。

すぐに眠ったようだ。月のない夜であった。電燈を消したあと、部屋は真っ暗闇になった。眠りにおちてからどれほどたったか、わからない。

ふいに、なにかに射られたような痛みを目におぼえて、彼は思わずはねおきた。が、目をあけると同時に、その目がくらんでしまった。あまりにもまぶしすぎたのだ。部屋じゅうが、青白い光で焼かれているような気がした。

――その光には、熱がともなっていましたか？

刑事の質問に、浅野は首をかしげた。

熱いという感じはなかったようだ。浅野はそれを、「フラッシュをたいた光に似ていた」と説明した。たいてい何分の一秒かの短い時間だけの閃きである。だが、あの夜の閃光は、フラッシュなら、かなりながくつづいたような気がする。目がくらんだあとも、とじた目ぶたのうえから、光の攻撃はしばらくやまなかったようだ。

光の目つぶしをくって、彼は茫然とした。と、左肩の下に、激痛を感じた。そのとき、短刀様のもので、彼は肩の下をえぐられたのである。浅野は傷口をおさえて、床《ゆか》にころげ落ちた。生《な》まあたたかい血が、傷口から噴き出し、おさえた手の指のあいだから、こぼれ出した。

「そのときは、すでに光が消えて、部屋はまっ暗でした。……くらんだ目には、まだ、あのブツブツの星が映っていましたが」

浅野はそう述べた。

——そのときは、まだはっきりした意識がおありだったのですね？

と、一人の刑事がたずねた。

「ええ、意識はありました」と浅野は答えた。「それで、警察に知らすべきだと、とっさに思ったのです。それから、早く傷の手当をしなければ、とも考えました。血の噴き出す勢いが、たいへんなものだと、自分でもわかっていたのです」

文化史研究所は、まんなかに廊下があって、その東側はぜんぶ書庫になっていた。

西半分は四室にわかれている。

　北むきの戸に一ばん近い部屋が、図書閲覧室になっていた。つぎの二室が研究室で、最後の部屋が予備室である。浅野はその予備の部屋で寝泊りしていたのだ。

　彼は肩をおさえて、ふらふらと廊下へ出た。まずスイッチをひねって、廊下の電燈をつけた。まだ気力があったのだ。彼は壁に背をあずけた恰好で、閲覧室のほうへにじりよった。背中を使って、壁を匍《はらば》って行ったようなものである。

　閲覧室のドアの横手に、赤く塗った非常ベルがあった。二た月ほどまえ、学内でボヤがあったので、それ以来、各建物に非常ベルがとりつけられた。それは、文学部の宿直室に通じているはずなのだ。

　それを押したあと、浅野は急に気力が衰えて行くのを、感じた。潮が退くように、からだの芯から、なにかがサーッと退いて行く。――おれは、これから気を失うのだな、と彼は思った。非常ベルを押した以上、誰かが宿直室からかけつけてくる。おれは病院へはこびこまれる。――とにかく、命だけは助かるだろう。……

　だがこのとき、彼は研究室の戸が、内がわから閂《かんぬき》をかけられていることを、思い出した。

　救助の人が来たところで、これでは戸外《そと》から戸をひらくことができない。堅牢な戸であるから、そうたやすく壊れないだろう。……閂をはずしておく必要がある。

最後の力をふりしぼって、彼は戸のそばまで、匍って行った。もう立っている気力もなかったのだ。

門にとりすがって、彼は息をついた。苦しいという状態は、すでに通り越している。宿直室で非常ベルをきいた人たちが、そのとき、ちょうど戸の外がわまでかけつけたところであった。戸がひらかないので、彼らは拳でたたいた。

『死力』とでもいうのだろう。浅野は残った力に、精神力としか言いようのない力を加えて、やっとの思いで閂をはずした。

「浅野さん、どうかなすったのですか?」

戸のあく気配がしたあと、浅野はそう呼びかけられ、そして、からだを抱きおこされたところまで、おぼえている。

あとはどうなったか、わからない。

——犯人の顔も見なかったのですか?

なんべんおなじことを訊くのだろう。浅野はなにも見なかった。閃光の目つぶしに、彼は目がくらんでいたのだ。顔どころか、犯人の気配さえ、彼は感じなかった。

警察側の失望は大きかった。被害者さえ生きておれば、なにかがわかると期待していたからだ。

——こいつは、困ったことになった。

——密室事件ということになるね。

刑事たちが、そう囁き合っているのを、浅野は耳にした。

こぢんまりした文化史研究所は、出入口といえば、表の戸一つだけであった。その戸に、内がわから閂がかかっていたのである。所内には、貴重な文献や資料が保管されているので、あらゆる窓に鉄格子がはめられていた。

人間の出入りできるスキマはないはずだった。とすれば、これはたしかに密室での事件ということになるのだ。

——閂をはずしたとおっしゃるが、そのとき、あなたは意識がすでに朦朧《もうろう》としておられたのじゃありませんか？　閂をはずしたつもりでも、じつは、はじめから、はずれていたのでは……？

「ぼくが閂をはずしたことは、絶対にたしかですよ。それだけは、はっきり申しあげられます」

浅野はそう断言した。

意識を失う寸前のことだが、あれだけはちゃんとおぼえている。忘れようとしても、忘れられるものではない。閂をはずさなければ、自分の命にかかわる、と彼は思ったのだ。

閂にふれた手ざわり。やっとのことで、それをはずしたときにおぼえた安堵感。

──まざまざと、いまも記憶に残っている。決して夢や幻想ではない。

ベルの音をきいて研究所へかけつけてきたのは、宿直室にいた二人の職員だった。彼らも、研究所の戸が外からはあかなかった、とはっきり証言した。彼らは、内がわで閂をはずす音をきいていた。そのあとで、戸がひらき、そこに浅野がたおれているのを発見したのである。

二人のうち、沼田という守衛は探偵小説のファンであった。犯人が戸の裏がわにかくれて、人がなだれこんだときに脱出するという密室トリックの一つの型を、彼は知っていた。だから沼田は、慎重に、戸の辺をあらためたという。

犯人はそのあたりにはいなかった。──

沼田が一一〇番に電話をかけた。警察が来るまで、二人は戸口のところでがんばっていた。パトロール・カーが到着してからは、研究所全部が隈なく捜査されたのだ。書架のあいだ、資料棚の奥、ロッカーのなか、机の下、あらゆるところが調べられたが、犯人は発見されなかった。

繰り返したずねられ、自分でも懸命に思い出そうとつとめた。もうこれ以上の説明は、つけ加えることができない。

芙美子にまぶしさのことをきかれても、あの一瞬の記憶よりも、あとでいろいろ苦心して、答えた言葉のほうが、先に頭に、うかんでくる。

ながくつづいたフラッシュ……。

実際には、これだけでは説明不足だった。

「ほんとに、わけのわからない事件ね」

と、芙美子は首を振りながら言った。

あのとき、かけつけた二人の職員と、すこしおくれてやってきた警察の連中は、硝煙のにおいを嗅いでいる。だから、あの閃光のことは信じてもらえた。もしそうでなかったら、

「夢じゃなかったのか？」

と疑われたかもしれない。

あの部屋で、花火のようなものを仕掛けたことはたしかである。その目的も、おぼろげながら、推察できた。

部屋の広さは、十畳ほどあった。真っ暗闇だから、浅野がどこにねているかわからない。

ベッドは固定したものではなく、どこへでも手軽にひっぱって行けるキャンバス・ベッドである。犠牲者の居所をたしかめるために、花火ようの照明を使ったのであろう。

「犯人はなぜスイッチをひねって、電燈をつけなかったのかしら？」

芙美子にそうきかれたことがある。

だがこの点については、警察側でもその理由を推定していた。——万一、仕損じた場合でも、犯人が顔を見られまいとして、目つぶしの目的で、花火らしいものを使ったのであろう、と。

すると、犯人の計画は成功したわけである。げんに浅野は、犯人の顔を見なかったのだから。

「肩のところを、グサリと刺したんですから、犯人はよほどあなたのそば近くに、肉迫してたわけでしょ？」

と芙美子がたずねた。

これは無理からぬ疑問である。犯人の息づかいぐらいは、きこえて然るべきだ。それなのに、浅野はなにも気づかなかった。花火の目つぶしは、浅野の目だけではなく、すべての感官をつぶしたのだろう。

「でも、よかったわ……」

このごろ口ぐせのようになった感慨を、芙美子はもういちどもらした。

ほとんど一日じゅう、ベッドのそばに芙美子がつきっきりでいてくれる。浅野もつくづく、生きていてよかった、と思う。

「そうだよ、ほんとに。死なないでよかったよ」

と浅野も言った。

「それにしても、あぶないところだったわ」と芙美子は言った。「花火が早く消えてよかったのよ。犯人はあなたがどこにいるか、見えなくなっちゃったものだから、でたらめに短刀をふりまわしたのよ。ベッドの横の安楽椅子の背に、ナイフをつき刺した跡が、いっぱいあったじゃない？」

アーム・チェアの背は、クリーム色の布で張ってあって、ふんわりしていた。そこへ、ナイフをつき刺した跡が、七個所ばかり認められたのだ。

浅野の肩の下を突いたのは、どうやら、第一撃のようであった。なぜなら、安楽椅子のナイフの傷は、そのまわりに血がにじんでいたのだ。すでに血ぬられたナイフをふりまわしたことが、それによって証明された。つまり、とどめを刺そうと思ったが、そのときは花火が消えて、部屋が真っ暗になったのにちがいない。で、犯人は浅野の居所を見失ったと想像される。だから、犯人は手あたり次第に、ナイフで突きを入れたらしい。

兇器はナイフ、それも鋭利な両刃のものと推定された。兇器は発見されなかった。犯人が持ち去ったのだろう。しかし、その犯人がどうして脱走しえたか、どう考えても説明がつかないのである。

安楽椅子の背の傷を、浅野はまだ見ていない。芙美子はそれを見ているのだ。その模様を語るときの、彼女のおびえた顔つきで、浅野はあらまし想像できた。――気ちがいのように短刀をふりまわした殺人鬼の姿を。

あのとき廊下へ出て電燈をつけたが、あとで考えてみると、じつに危険なことだった。犯人がまだそのあたりにいたかもしれないのだ。

警察の解釈はこうである。――

犯人はあの襲撃のあと、ただちに遁走《とんそう》した。椅子の背をついたのは、かなりあわてていたからであり、おそらく半分逃げ腰になって、でたらめにやったのだろう。だから、廊下の電燈がついたとき、犯人はすでにいず、浅野はつぎの攻撃を幸いにも免れた……。

「危機一髪でしたわね」

芙美子は思い出すと、からだをふるわせて、言った。

浅野はひとに言われても、自分で思い出しても、そのたびに、危機をのがれた幸運を、しみじみよかったと思う。

だがこのごろでは、命をとりとめたという興奮も、いささか薄れはじめた。そのかわり、あの夜の事件の不可解さが、心のなかで色濃くなってきている。はじめは、ただ不思議と思うだけで、じっくり考えてみるどころではなかった。傷の痛みに耐えるだけで、精一杯だったのだ。

「もう峠を越しましたよ」

今朝、主治医はにっこり笑って、そう言った。

からっぽになった心の芯に、なにかが戻りつつあるのが、自分でも頼もしく感じられた。ものを考えてみようという気力も、やっと湧いてきたのである。

「犯人はどうして入ってきたのか？　昼間から書庫の隅にひそんでいたのかもしれない。けど、どうしてあそこから逃げることができたのだろう？」

自分に言いきかせるように、彼は呟く。

低い声だが、芙美子はそれを聞きのがさなかった。彼女は浅野の手をとって、

「むろん、それは大きな謎よ。でも、もっと大きな謎があるわ。あたしは、こちらのほうが知りたいの。……つまり、どうして、あなたが狙われたかってことよ。殺そうと思うからには、なにか動機があるでしょ？　あなたが誰に、どんなことで恨まれていたか、それのほうが、あたしにとっては、大切な問題だわ」

犯人の脱走方法よりも、このほうがたしかに大きな謎である。浅野には、これといった心当りはなかったのだ。

芙美子は、ほっそりした白い指で、浅野の腕を撫でながら、つづけた。——

「川越さんのこと、あたし調べてみたわ。でも、あの晩、川越さんたちは会館で麻雀

をしてたのよ。それも、徹夜の麻雀……しかも四人だけで……。一人がぬけ出すなんて、できなかったわ」

「川越君が、まさか」

浅野はそう言ったが、じつはさきほどから、川越のことばかりを考えていたのだ。

2

川越義一は、大学院で幣制史《へいせいし》を研究している男である。浅野と同じく、坂谷博士の門下生なのだ。恩師の娘である芙美子に、川越もまえから惹かれていたようだ。坂谷博士の目には、浅野も川越も、同じように映ったらしい。選択は娘にまかせたが、彼女は浅野をえらんだ。川越はすこし油断のならぬところがある、と芙美子は直感したそうだ。

浅野が芙美子と正式に婚約したのは、事件の五日まえである。そのあと、浅野は、いちど川越と顔を合わせた。

「やあ、おめでとう」

と川越は言ってくれたが、その言葉にはどことなくトゲがあるように思えた。

「ありがとう……」

浅野はそう答えて別れたが、なんとなくいやな気がした。生理的な嫌悪感であろうか。浅野は気分屋であった。いやな思いをすると、それを吹き消してからでなければ、落ち着いて仕事もできない性分なのだ。

川越と会ったのは、大学の構内であった。ふつうなら、浅野は徳利の一本もあけると、いやなことを、たわいもなく、忘れることができた。しかし、学内では、酒をのむ場所もない。研究室へ行くところであったが、浅野はまわれ右をした。大学構内で、気分転換に最も適した場所は、食堂である。午後三時近くだったので、食堂はがら空きのはずだった。彼はそこで酒をのもうとしたのではない。食堂の主人である中田祐作という男に会いたかったのだ。

中田祐作は、かわったおやじであった。食堂の主人であるが、一種の学問マニアで、歴史の研究をしていた。系統立った研究方法の訓練は受けていないので、ただもう、やたらに資料を蒐集するだけである。大学の食堂をひきうけたのも、どうやら、大学図書館を利用しやすかったからにちがいない。彼はヒマがあると、図書館に通って、資料を写していた。食堂の裏二階にある彼の部屋には、百冊以上の大学ノートが、本棚にぎっしりつまっている。丹念にコピーした資料なのだ。彼が偏執狂《へんしつきょう》じみた熱意で取り組んでいるのは、『倭寇《わこう》の歴史』であった。

十四世紀から十六世紀にかけて、中国の沿海地方を荒らしまわった日本の海賊は、

『八幡大菩薩』の旗をかかげたので、『八幡船』として知られている。中国側では『倭寇』と呼んだ。実際には、日本の海賊だけではなく、現地の不逞《ふてい》の徒が、日本海賊を装う場合もあったらしい。

大学食堂のおやじ中田祐作は、この倭寇にかんする資料なら、なんでも集めていた。集めているばかりでなく、それをよくおぼえているのだから、大したものである。ずいぶんながいあいだやってきたらしいが、彼によって発見されたという、新しい資料はなかった。また、集めた資料によって、彼がなにか新しい解釈を施したということもきかない。ただひたすら、蒐集に没頭したのだ。

だから浅野は、中田がいかに倭寇の歴史に詳しくても、たんなるアマチュアとしか思わず、決して研究者とは認めなかった。それでも、一途に一つのことにうちこんでいる態度には、好感がもてた。慾も得もないマニアと話をするのは、一種の爽快感があって、浅野はよくこのおやじのところへ、駄弁《だべ》りに行ったのである。

川越の陰にこもった感じの挨拶に、浅野は不快感を催した。その彼が、大学食堂へ足をむけたのは、気分転換としては、最も穏当なコースをとったわけである。

食堂にはいると、はたして一人も客はいなかった。調理場で下働きの女たちが、大声でおしゃべりをしているのがきこえた。ふと見ると、隅のテーブルに、中田の娘の初子が坐って、算盤《そろばん》をはじいていた。売上げの計算でもしていたのだろう。

「初子ちゃん」と浅野は呼んだ。

初子は快活な娘であった。一昨年高校を出てから、ずっと食堂で手伝っている。中田祐作は空襲で妻をなくし、一人娘の初子を、男手一つで育ててきたそうだ。気むずかしい親父に似ず、娘はのびのびと育っている。

「あら、浅野さん、いついらしたの？　ちっとも気がつかなかったわ」

初子はふりむいて、言った。

初子を見ると、浅野はいつも陽気になって、冗談の一つも言いたくなるのだった。

「もしこれが強盗だったら、どうするんだい？　きみはうしろから、棍棒でぶん殴られて、そこにたおれてしまう。泥ちゃんは、テーブルのうえのお金をかきあつめて、遁走する。ほんとに油断しちゃいけないよ」

「テーブルのうえには、七百八十五円しかないわ。そんなことして、泥ちゃん、引き合うかしら？」

と、初子はいつもの調子で、応じた。

「七百八十五円ということは、泥ちゃんはご存知ないんだよ。七十八万円ぐらいはあるだろうと思って、コツンとやっちゃうんだよ」

「あとでがっかりね、その泥ちゃん」

「気がついてみれば、おたずね者……」

「人殺しは死刑か無期よ。たった七百円ばかりのお金でねえ……」

「初子ちゃん、まるでひとごとみたいに言うね。殺されるのはきみだぜ」

「あら、いやだ」

初子は屈託なさそうに、笑った。

「ところで、おやじさんは裏の二階にいるかい？」と浅野はたずねた。

初子はにやりと笑って、

「話をそらしちゃいけないわ、浅野さん。これからが、本番なのに」

「本番とは？」

「白ばくれないでちょうだい。浅野さん、坂谷先生のお嬢さんと婚約したんでしょ？」

「いやあ……」

浅野は型通りに、頭をかいた。

婚約して以来、同僚や友人になんども、こんなふうにひやかされた。そんなときは、頭をかいて、むにゃむにゃと、口のなかであいまいなことを呟くに限るのだ。

「うれしいでしょ？」

初子はいたずらっぽく、たずねた。

「ああ、うれしいね」と浅野は答えた。

「まあ、ぬけぬけと……」

「じゃ、どんなに言えばいいんだい？」

「とにかく、ご馳走さま」

「さあ、もうご馳走してやったから、いいだろう。これぐらいで勘弁してほしいね。それはそうと、おやじさんは？」

「お父さんは二階よ」

「じゃ、行って、すこし駄弁ってくるかな、初子ちゃんとちがって、おやじさんのほうがいいや。すくなくとも、意地わるくひとをからかわないからね」

『倭寇史』一本槍で、ほかのことにはなんの興味も示さない中田祐作である。ひとをひやかすようなことは、絶対にないのだ。しかし、浅野が婚約したことを、彼は知っているだろうか？　そんなことには関心をもたぬおやじのはずだが、浅野は、ふと初子にきいてみる気になった。

「おやじさんは、ぼくが婚約したのを知ってるかい？」

「知ってますよ」と初子は答えた。「あたしが報告したんですもの」

「まあ、いいや」と浅野は言った。「どうせ、おやじさんは、初子ちゃんみたいに、ひとをひやかしたりしないんだから」

「そうね、それがうちのお父さんのいいところかもしれないわね。ずいぶんショッキングなことを言っても、ちっとも動じないのよ。お父さんをびっくりさせようと思ったら、八幡大菩薩しかてがないわ」

「一途な人はいいね。ぼくは、そんな人が大好きだよ」と浅野は言った。

「浅野さんの婚約のことを話したらね、ああそうかい、でおしまいよ。特別ニュースを報らせてやったつもりなのに、ちっとも手応えがないものだから、おどかしてやったわ。あたし浅野さんに振られちゃったのよ、娘が口惜しがってるのに、お父さんは平気なのって、そう言ってやったわ。そしたら、やっぱり、ふむそうかい、だったの」

初子はそう言って、クックッと笑った。

浅野はそのまま、二階へあがって行った。

中田祐作はいつものように、鹿爪らしい顔をして、机にむかっていた。図書館から借りてきたとおぼしいぶ厚な本をひろげ、それをノートしている最中だった。

「やあ、おやじさん、あいかわらずがんばってますなあ」

と浅野は声をかけた。

ふだんなら、浅野の姿を見ると、中田はうれしそうな顔をして、

「まあ、おかけなさい」

と、座蒲団をすすめるところである。

浅野の専攻している東西の文化交流史は、中田祐作の研究テーマと、いくらか関係

がある。そのクロスした部分について論じ合うのが、アマチュア学者中田祐作の、たのしみの一つだったのだ。

　だが、その日、中田祐作はにこりともしなかった。浅野がはいってくると、反射的に立ちあがって、

「浅野さん、すまんが、わしは今から買出しに行かなくちゃならんのです。折角おいでだけど、失礼させてもらいますよ」

　いままで、こんなことはいちどもなかった。どんなにいそがしいときでも、浅野が訪ねて行くと、なにもかも放り出して、相手になる中田祐作だった。帳簿であれ、伝票であれ、算盤であれ、そんなものは机の下に片づけて、

「最近、こういう資料を手に入れたんですがね」

　とはじめたものだ。そして、宏治三年四月に通州白蒲鎮を襲った倭寇は、『通州志』によれば七十余人となっているが、新資料によればじつは百人を越えていたらしい、などと弁じ立てるのである。その日の中田は、まるで浅野と顔をあわせるのがいやなので、そとへ出て行く、といったふうに見えた。浅野の記憶によれば、食堂の材料買出しは、いつも店員が担当して、中田自ら出て行くことはなかったのだ。

「ああ、そうですか……」と浅野が言ったとき、中田はもう彼のまえを横切って、階段のほうへ歩いていた。

階段を降りる中田の足音を、浅野は妙な気持できいた。中田は階下で下駄をつっかけ、カランカランと音を立てながら、戸のほうへ歩いて行く。

「おやじ、今日はおかしいぞ」

二階にとり残された浅野は、首をかしげて、そう呟いた。

3

病院にいると、ほとんど一日じゅうが、自分の時間である。だが、からだをうごかすことはできない。最初のうちは、痛みに耐えることが仕事だった。痛みが去ったのち、浅野のすることといえば、頭のなかで、いろんな考えをめぐらすことだけになった。

専攻の学問にかんしては、あまり考えなかった。資料が手もとにないと、なんとなく不安だったからだ。

そこで、事件についての、さまざまな臆測が、浅野の頭を占めたのは当然だろう。不思議な閃光や、姿なき殺人鬼の襲撃、——そういったことよりも、芙美子の指摘したように、なぜ自分が狙われたか、という問題のほうが重要である。この謎について、彼はいろいろ考えてみるのだった。

自分をとりまく対人関係の網を、彼は一筋ずつひっぱって、吟味してみた。どう考えても、恨みを買ったおぼえはないのだ。強いていえば、芙美子との婚約で、川越義一がなにか含むところがあったかもしれない。

その川越が事件の夜、徹夜の麻雀をしていたことは、芙美子の調査でわかっている。麻雀相手の三人は、浅野も知っている連中で、そろって嘘をつくような人たちではなかった。

川越義一について、浅野はあらためて検討してみた。婚約したあとはじめて会って、「おめでとう」と言われたとき、なにかいやな感じがした。その不快感は川越本人から来たものと、浅野は思いこんでいた。しかし、ひょっとすると、浅野自身が生みだしたものかもしれない。相手が芙美子を愛していたことを知っているので、妙にひっかかったとも考えられる。

浅野は学生時代から、川越を知っていた。かなりながいあいだ接触してきた相手だといえる。それにもかかわらず、川越にたいして抱いている現在の感情は、せいぜい、ここ半年来の経緯を背景にしているだけなのだ。つまり、芙美子をまん中にして、そのむこうにいる対立者として、川越を見てきた。だが、それでは、川越義一という人間の一面しか見ていないことになる。浅野は、ほかの角度から川越を見ることを忘れていたのではなかったか？

一しょに酒をのんだこともあれば、旅行をしたこともあった。そんな思い出のなかの川越は、ともすれば事件の線上にうかぶ彼の影を、薄めてしまう。

卒業の年、夏の暑いさかりに、浅野は川越とともに研究室にこもったことがある。そのとき、川越はビールをもちこんだ。まさに栓を抜こうとしたとき、廊下に足音がきこえ、癖のあるすり足で、それが坂谷博士だとわかった。博士は厳格なことで定評があり、研究室でビールをのむことすら許さなかったのだ。川越はあわてて、ビール瓶を机の下にかくした。博士が部屋にはいってからは、川越はどぎまぎし通しで、たえず机の下ばかりを気にしていた。

ビール瓶はみつからずにすんだ。だが、そのとき、川越のおどおどした態度に、浅野は笑いをこらえかねたことを思い出す。

ほとんど忘れかけた、ほんのつまらない出来事である。が、ふと思い出してみると、意外に鮮明な人間像がうかんできた。

川越には闇討ち行為などはできない、——浅野はそう確信した。川越を容疑者リストから除いたのは、麻雀のアリバイよりも、ビール瓶をかくしたときの手つきや、あわて方の思い出だった。

川越を除外すると、ほかに心あたりは全然なかった。こちらの思いもかけないことで、誰かに猛烈に憎まれているかもしれない。そう思って、知人の一人一人について、もういちど慎重に吟味しなおした。その人物について、いつも見慣れている面ではなく、かくされている面を、できるだけのぞこうとしたのである。

大学食堂の主人中田祐作を吟味する番になったとき、浅野はいまさらのように驚いた。人間と人間が、あらゆる角度で接触することなど、もとよりほとんどありえない。人が相手にむかってひろげているのは、限られた面だけにすぎないのだ。――ところが、中田祐作の場合は、それがとくに極端すぎると思われたのである。

浅野の知っている中田祐作は、『倭寇史』のアマチュア研究家という一面だけにすぎない。食堂の経営者という表むきの職業でさえ、浅野には、ピンとこないのだ。中田祐作の生活や感情に、別面があるなど、ほとんど考えてみたこともなかった。

はたして、どうだろうか？

中田祐作は空襲で妻をうしない。それ以来独身を通して、娘の初子を育ててきた。くわしいことは知らないが、これだけきけば、彼の生活が、決して月並みでなかったことが察しられる。つまり、彼には、『倭寇史』以外にも、生活があり、感情があったにちがいないのだ。『倭寇史』以外の中田祐作を想像してみようと、浅野は懸命に努力した。これは、ベッドのなかの作業としては、まことにふさわしいものだった。

とはいえ、彼の想像力はたちまち行き悩んでしまった。『倭寇史』を抜きにして中田祐作を考えることは、どうやら不可能に近いのである。

中田祐作その人からすこし離れて、そのまわりから考えてみればどうだろう？　これは一つの方法かもしれない。――彼のまわりといえば、まず娘の初子である。

浅野はじっと目をとじて考えた。

しばらくして、ふいに一つの異様な想定が、浅野の頭にうかんできた。それは、あまりにも奇怪な、飛躍しすぎた考えのように思えた。とはいえ、『倭寇史』以外の中田祐作をなんにも知らないことを思えば、一がいに異様にすぎるとか、飛躍しすぎるとは言い切れないのだ。

浅野はゆっくりと、上体をおこした。なんだか、横になったままではおれないような気がしたのである。

「どうかなすったの？」

そばの椅子に坐って文庫本を読んでいた芙美子が、本を伏せて、たずねた。

「べつに……」と浅野は言った。

しかし、彼の顔には、なにかただならぬ表情がうかんでいたとみえる。

「ほんとに、どうかなすったの？」

と、芙美子は繰り返して、たずねた。

「じつはね、いまひょいと、妙なことを思いついたんですが……」浅野は言葉を濁した。

「話してちょうだい。どんなことでも、あたしに話して下さい」芙美子は命令するように、言った。

浅野は言いにくそうに、口をひらいた。

「きみに笑われるかもしれないが……」

「心配ご無用よ」芙美子は言った。「笑ったりするものですか」

「あんまり退屈すぎて、とんでもないことを考えたのかもしれないが……」

「前置きはもう結構よ」

「では、話しましょう。……ぼくが命を狙われたのは、ぼくを憎む人間がいたからにちがいないんです。ところが、なんべんも言ったように、いくら考えても、人に恨まれるようなことをしたおぼえがありません。ひょっとしたら、これは誤解による怨恨じゃないかと思うんですよ」

「誤解？　とおっしゃるのは、なにか心あたりがおありなの？」

「ええ、ちょっとした心あたりがあるんです」と浅野は答えた。「相手は大学食堂のおやじなんですが、思いもかけない誤解を招いたかもしれないんですよ」

「どんなことで？」

「あのおやじには、初子という年ごろの娘がいるんです。彼女はぼくたちの婚約のことを、おやじに報告したんですが、おやじは知らん顔をして、いっこう手応えがなかったそうです。なにしろ、そのおやじは変った男でしてね。……それで、初子ちゃんは、ぼくに振られただなんて、おやじに言ったらしいんです。せっかくニュースを知らせたのに、反応がないんで、いたずら半分に、ピリッと胡椒をきかせるつもりでね」

「そのおやじさん、娘さんの話をまともに受けとったのかしら？」

「そこがよくわかりません。初子ちゃんの話だと、あいかわらず、ふむそうかい、と言っただけなんだそうですが」

「そんなことで……？　まさか」

「ぼくも、まさかとは思いますよ。でも、ほかに心あたりがないんですからね」

中田祐作が『ふむそうかい』と言ったときの語気の強さや、顔の表情がどんなふうだったか、初子はなにも説明しなかった。それは、あいかわらず反応がないと、彼女が感じたからにちがいない。

中田祐作には『倭寇史』以外なにものもないのだろうか？　妻をうしなって、いままで独身でいるのだから、よほど亡妻を愛していたと考えられる。いままでは、亡妻のわすれがたみの初子が、彼の生き甲斐になっているのかもしれない。浅野と接するとき、彼がみせるのは、アマチュア『倭寇史』の面だけだが、それ以外のときは、どうなのか。

初子がのびのびと育っているのは、愛情には飢えていなかったことを物語っている。父親の愛情は、彼女をあたたかく包んでいた。すくなくとも、初子の様子を見ると、そう思えるのだ。

とすると、愛する娘を裏切った不実な男にたいして、偏屈者の父親はどんな態度をとるだろうか？

あの日、食堂の二階へあがったとき、中田の様子がいつもとかわっていたことが、それで説明されないだろうか？

そういえば、あのときの中田祐作は、浅野の顔を見るのもけがらわしい、と思っていたのかもしれない。

こんな疑問が、浅野の頭脳のなかで、渦巻きはじめた。そして、次第に、『誤解』でなければ、事件は説明できない、という気がしだしたのである。しまいには、それが確信にまで、たかまって行った。

この確信が浅野に与えたショックは、残酷なものだった。

「横になったほうがいいわ」

と芙美子が言った。

浅野がひどいショックを受けているのを、彼女は女性の直感で気づいたのである。

芙美子の手をかりて、浅野は再び横になった。病室の天井をにらんでいると、なんともいえない気持になってくる。一種の腹立たしさ、といってもよかった。

娘の冗談さえ理解できなかったのか？

そう思うと、胸がむかむかする。命を狙われた憤りは、意外に湧いてこない。中田祐作という、畸形的人物が、砂利のように浅野の体内にばらまかれて、それが到るところで軋《きし》むのだ。

「でも……それは、途方もないことだわ。やっぱり、あなたの思いすごしかもしれないわよ」

芙美子は、浅野のうえにかがみこんで、慰めるように、言った。

「そうだったら、いいが。……いや、やっぱり、考えすぎだろう」

浅野は芙美子を安心させるために、そう言った。が、彼の臆測は、すでに確信の域に達しているのだった。

「そうだわ」と芙美子は言った。「たとえ、誰かがあやしいと見当はついても、あの密室の謎がとけなければ、お話にならないわ」

密室の謎よりも、動機のほうが問題だと言ったのは、ほかならぬ芙美子であった。その当の本人が、こんどは反対の意見を述べた。

「そうですね」と、浅野は弱々しい声で、合槌をうった。

動機については、いまや確信が生まれた。つぎは密室の謎が問題なのである。

4

浅野の負傷の経過はきわめて良好で、退院の予定もいくらか早まった。退院まぢかになると、さすがに彼も、仕事のことが気になった。そこで、芙美子に頼んで、研究所から、数冊の文献を借り出してもらった。

仕事をするというよりは、遠ざかっていた研究のにおいを、すこしでも嗅いで、心の準備を整えておくつもりだったのだ。

「あまり無理をなさらないでね」

そばから、芙美子が忠告した。

「大丈夫、ほら」と浅野は言った。「ごらんのとおり、パラパラと頁を繰ってるだけですからね」

書物からは、なつかしい研究室のにおいが漂ってくるようだった。彼はそれを思い出すだけでよかった。からだのなかに、病院のクロロフォルムのにおいがしみこんでいるような気がする。早くそんな病院臭を払いおとしたかったのだ。

頁を繰って、ところどころ、思い出したように拾い読みすることもある。ところが、そんなことをしても、彼の頭はすぐに活字から離れてしまう。そして、中田祐作にひっかかるのだ。

――中田のおやじは、毎にち、あの食堂にとまりこんでいる。食堂は大学の構内にあるんだ。……おやじは、学内の事情にもくわしい。おれが研究所にこもっていることも、知っていたはずだ。

書物の頁から目をはなして、彼はぼんやりと、前方をみる。心のなかで、中田祐作が軋る音を、彼はきいているのだ。すると芙美子は、彼が疲れているのだと思って、きまっていたわりの声をかける。

「お疲れでしたら、おやすみになったほうがいいわ。ご本なら、いまにいやというほど読めるんですから」

「病人扱いをしないで下さい。もう退院ですからね」と、浅野は笑って答える。

負傷の直前、浅野の取り組んでいたテーマは、東西文化交流史のうち、科学の伝播《でんぱ》にかんする部分であった。それも、火薬について、さかんに資料を集めていた。

漫然と本をひらいていても、火薬のことが目につくと、ついひきずりこまれる。

火薬は中国人の発明したものである。南宋の『霹靂砲』などは、中国で造られた優秀な火器だった。しかし、明朝末期になると、逆に火器を輸入するようになった。たとえば、『紅夷大砲』は、ポルトガルのものである。火薬が成長しながら、ぐるりと一とまわりして戻ってくる、その遍歴が浅野には興味があった。

明初の中国火器は、たしかに西洋のものに劣らなかった。中国の書物では、それをとくに強調している。『神烟砲』などは近代の迫撃砲に酷似しているし、『八面転百子連珠砲』というのは、機関銃の原形といってよい。『混江竜』と称する兵器は現代の水雷である。実物は残っていないが、宋応星の『天工開物《てんこうかいぶつ》』という書物には、それらの簡単な図解がのっている。

『万人ノ敵』という物騒な名をもった兵器もあった。これは主として守城用の火器である。四角い形をしていて、城の上から下に投げつけると、そのなかの弾薬が炸裂して四方にとび、敵を傷つける。大型手榴弾の元祖なのだ。

火器はともかく、刀剣類になると、やっぱり日本の独擅場《どくせんじょう》である。倭寇が猛威をふるった最大の理由の一つに、その武器の優秀性を算《かぞ》えなければならない。倭寇対策として、当然、日本刀に対抗するため、いろんな武器が考案されたであろう。

研究所からとりよせた書物のなかに、こうした対倭寇武器を説明した個所があった。それを読んでいるうちに、浅野の目が光りはじめた。彼は本を伏せて、

「そうかもしれない……」と呟いた。

彼の声があまりにも低かったので、芙美子にはきこえなかった。そのとき彼女は、ある重大なことを浅野に話そうと、口をひらきかけていたのである。

「ねえ浅野さん、あたし、今日、おもしろいお話をきいたわ」

浅野は出鼻を挫かれたように思った。彼もまた、彼女に「おもしろい話」をしようと考えていたところだったのだ。

「おもしろい話ってなんです?」

浅野は仕方なしに、応じた。

「大学食堂の例の娘さんね……」

「初子ちゃんのことですか?」

「そうそう、初子さんとかおっしゃったわね。その娘さんに、いい人がいるらしいの」

「ほほう……」

「一しょに散歩してるのを、見かけたひとがいるんですって」

「いい娘さんだから、世間の男性がほっておかないでしょうな」

「それがね、だいぶまえからいい仲だっていう話よ」

「相手はどんな男なんですか?」

「大学の庶務課にいる人らしいの」

「とにかく、初子ちゃんの幸福を祈るよ」

「相手の男の家からね、正式に人を立てて、初子さんのお父さんに申しこんだらしいわ」

「そうですか……」

「なんだか、あまり気のなさそうなご返事ね」芙美子は不服そうに言った。「これは大問題なのよ、あなたにとっては」

「どうしてですか?」

「だって、このまえおっしゃったような誤解があったとしたら、これでその誤解がとけるじゃない? あのおやじさんは、二度とあなたを狙わないわ」

たしかに、浅野にとっては、重大なことにちがいなかった。

「じつは、ぼくのほうにも、べつに重大な話があるんですよ」と彼は言った。

「どんなこと?」

「ぼくが、どんな方法で襲撃されたかってことが、どうやらわかったような気がするんですよ」

「あら……」と芙美子は言った。

浅野は伏せてあった本をとりあげ、それを芙美子に見せながら、説明をはじめた。

――

「なんだか信じられないわ。だって、あんまり現実離れしてるんですもの」

説明をきき終えて、芙美子は首をかしげながら、言った。

「現実離れ？」浅野はおうむ返しに言った。「どうして、どうして。こんなのは、一ばん簡単じゃありませんか？　誰にでも出来ることなんですよ」

「そういえば、そうですけど……」

芙美子はそう言って、窓のほうに目をやった。陽は西に傾きかけていた。が、秋晴れの空は、あくまでも高い。農学部の実験農園には、赤や黄や緑の、いろんな植物がうえられていて、その偶然の配色は、絵画的であった。

実験の植物たちは、幸福な乳のみ児である。竹の柵で囲われて、世間の波から守られている。彼らのうち、選ばれた強い者だけが、そとの波になげ出されるのだろう。

芙美子は、植物たちを守る竹の柵に、じっと目をこらした。

5

退院して三日目、浅野は芙美子と連れ立って、大学食堂へ行った。

午後三時半。一人も客はいなかった。

初子はテーブルにむかって、なにか書きものをしている。

「今日はお金の勘定じゃないの？」

浅野がうしろから、声をかけた。

初子はふいに話しかけられて、思わずふりむいた。

「あら、浅野さんじゃないの。このたびは、ほんとに大へんでしたわね。お怪我はもうおよろしいの？」

彼女は顔をかがやかせながら、たずねた。

「おかげさまで、三日前に退院しましたよ」と浅野は答えた。

芙美子の存在に気がついて、初子は、すこし気おくれがしたようだが、すぐに陰翳のない、いつもの調子で、

「紹介していただける？」

浅野は初子に芙美子を紹介したあと、

「きみも婚約したんだって？」

「ニュースが早いじゃないの。……婚約はまだなんだけど」

「おめでとう、と言ってもいい？」

「かまわないわ」初子は素直に言った。「でも、ひやかさないでね。お互さまなんですから」

「それもそうだ」と浅野は笑った。「ところで、お父さんは？」

「二階にいるわ？」

「じゃ、ぼくは、おやじさんに敬意を表してこよう。……芙美子さんは？」

「あたし、ここで待ってるわ、初子さんとおしゃべりでもして」と芙美子は言った。初子は芙美子のために、テーブルの下から椅子をひき出した。

浅野は階段をあがって、「中田さん」と声をかけた。

中田祐作は、漢字のぎっしりつまった書物を読んでいた。本の横には、いつものようにノートが置いてある。

「おお、これは……」

中田祐作は、ほんとうに驚いたらしく、言葉につまった。

このとき浅野は、自分の想像がまちがっていないことを、はっきりと悟った。

「もう退院なすったのですか？」

虚ろな感じの声が、やっと中田の口からもれた。

「おかげさまで、三日まえに」

階下で初子に言ったのと同じ台詞を、浅野は繰り返した。だが言葉の調子は、さっきよりも硬くなっていた。それが浅野自身にもよくわかったのである。

「見舞いにも行かず……ほんとに……」

中田はまた言い淀んだ。

「いいえ」と浅野は言った。「どうせ、お忙しかったでしょう、初子ちゃんの縁談のことやなんかで？」

「ええ、そうです……ええ、ちょっと、そんな用事が……」

「病院では退屈しましてねえ」浅野はふだんの口調をとり戻そうと、自分に言いきかせながら、「傷よりも、退屈のために死にそうでした」

「そうでしょうな」

中田は合槌をうって、唾をのみこんだようだった。

「ここで、あんたと駄弁ったことなどを、よく思い出しましたよ。退院したら、思い切りしゃべってやろうと、なんべんも考えましてね。今日はこうやって、病院での念願をはたそうというわけです」

「いや、ほんとに、どうも」

中田は恐縮しているふうだった。

浅野は机のそばに坐りこんで、中田のひろげている書物をのぞきこんだ。

「なにか新しい資料でも？」彼はきいた。

「いや、べつに……」と中田は答えた。

中田は角ばった、ひろい顔をしていた。学生たちが『下駄』というニック・ネームをつけているほどである。下顎がたくましく大きいのが特徴だった。が、心なしか、今日はその顎が、まるで張子のように、弱々しく見えるのだ。

浅野は言った。――

「退院したら、倭寇について、ひとつおやじさんと大いに論じ合おうと思って、ちょっと資料に目を通したんですよ。でも、やっぱりだめですな。病院生活をしてると、すっかり怠け癖がついちまって、のんべんだらりと日をすごしちゃいましたよ」

「それでいいんですよ。病気なのに無理をしちゃいけません。……それにしても、このたびは、ほんとに、とんだご災難で……」

中田祐作は神妙な顔つきで、言った。神妙すぎるほどである。

「病院で、ヒマにまかせて、ときどき考えてみたんですが、どうでしょうかな、倭寇があれほど猛威をふるった原因は？　まあ、いろんな原因が積み重なったんでしょうが、一ばん重大な原因はなんでしょうかね？　……ぼくは、武器じゃなかったか、と思うんですが。……つまり、鋭利な日本刀の行くところ、つねに勝利があったと、そう考えられませんか？」

「そうです。日本刀の威力は大したもんでしたよ」

中田祐作の言葉に、やっと活気がこもってきた。倭寇のことになると、どんなうっとうしいことも忘れるらしい。

「中国側での、日本刀対策はどうだったんです？　いろいろ試みたと思うんですが」

浅野は、よほどこんな質問はやめようと思った。とはいえ、せっかくここまで来たのである。が、ひとを罠にかけるとき、うしろめたさを感じないではいられなかった。

得意の話題をもち出されて、中田祐作も落ち着きができてきた。彼は答えた。——「同じ武器で対抗しようと、中国でも日本刀の鋳煉をはじめましたよ。かなりよく似たのが出来たのですが、でも、やっぱり肝心の刃は本物に劣るんですね。……べつに、本物の日本刀もさかんに輸入されたんですよ。足利氏が明の王室に贈った太刀は六百ふり以上、薙刀が五百本、という記録があります。民間貿易での取引は、もっと多かったでしょうが、でもやっぱり、大規模戦争に必要な数量は、なかなか集まらなかったようですね。そこで、日本刀に対抗する武器を、懸命に造ったのですよ」

「うまく出来ましたか？」

「日本刀にかかると、中国の刀剣はすぐに折れちまうので、いわゆる『多刃形』の長刀を発明したわけですよ。『狼筅《ロウセン》』というやつで、炎形の刃が九層から十一層ついてるんですな。倭寇の日本刀で、そのうちの二つや三つ切り折られても、役に立つという仕掛けになっておりましてね」

「説明をきいただけでは、どんなものかわかりませんな」と浅野は言った。

「図説がありますから、お見せしましょう。狼筅の実物は残っていないんですが『武経』や『武備志』などに図がのっていて、それからほうぼうの書物に転載されていましてね」

中田祐作は立ちあがり、本棚から一冊の書物を抜き出して、頁を繰った。——「これですよ」

中田が浅野に示したのは、一人の人物が問題の『狼筅』をかまえている図であった。大きな団扇《うちわ》のような感じの、かわった形の武器である。そばの註に、長さ一丈五尺とあった。

「長刀というよりは、槍ですね。ずいぶん重いでしょうね。これは」と浅野は言った。

「鉄で造ったのは重いでしょう」と中田祐作は答えた。

「しかし、こいつは竹でも造れるんですよ。浙江産の堅竹というやつですね。明将戚継光がこれを使って、対倭寇戦でしばしば成功したそうです」

『狼筅』の先端には槍頭がとりつけてあり、木の枝のように、十一層の炎形の刃形が左右についている。突くも可、斬るも可、という兵器であるらしい。十一層の刃は、いかにも苦肉の策のようにみえた。

「物量戦術といった気がしますな」

と、浅野は感想を述べた。

「そうでしょう。いくら竹で出来てるといったって、こんなに刃の枝がたくさん生えていては、日本刀でもお手あげですよ」

と中田祐作は言った。

彼はもう、すっかり落ち着いていた。

『狼筅』の長さが一丈五尺だということは、つまり肉迫戦を避けたのだろう。そばへ寄ると、どうしても日本刀にかなわないのだから。

「これを見ると倭寇との戦争では、なるべく敵を近づけない作戦をとったようですね」

　と浅野は言った。

「そうです。それほど日本刀がこわかったわけですよ」

「これは長さからいえば、一種の飛び道具と考えられないこともありませんな」浅野は一と息ついてから、「ところで、本物の飛び道具も、倭寇戦にはさかんに使われたでしょうね？」とたずねた。

「もちろんです」中田は答えた。「とにかく、日本刀の使い途がなくなるような方法ばかり考えたのですからな」

「飛び道具にもいろいろありますが」浅野は二回咳払いをして、おもむろにいった。「このあいだ、梨花槍《リカソウ》のことをすこし読んだのですが、これも対倭寇兵器の一つだったそうですね。ご存知でしたら、ひとつ説明していただけませんか？」

　表面、さりげない様子にみせたが、浅野の注意力は中田の顔を焼き尽さんばかりであった。どんな小さなうごきも、彼は見のがさないつもりだった。しかも、中田の顔には、誰の目にもあきらかな動揺が認められたのだ。

「リカソウ?」

いぶかしげなふりをしたが、中田の顔には、それが佯《いつわ》りであることを、はっきり物語る表情がうかんでいた。

「梨《なし》の花の槍、と書くんです」と浅野は言った。「明の軍隊が倭寇に用いて、大いに効果があったという記述を、このあいだなにかで読んだんですよ。あなたが知らぬはずはあるまいと思って、おたずねしたのですが」

ながい沈黙があった。

そのあいだ、中田祐作は動揺に耐えようと、懸命になっているらしかった。彼の顔は、だんだんと苦悩に歪んでくるようにみえた。

一つの頂点があったようだ。しばらくすると、諦めに似た色が、中田の顔をよぎった。

「知ってますよ、梨花槍のことは」と、中田は喘《あえ》ぐように言った。

「参考のために、説明してくれませんか?」

浅野も、相手に釣られたように、かすれた声になって、言った。

「狼筅は明代に、対倭寇戦の武器として考案されたものでした」低い声で、中田は言いはじめた。さっきの『狼筅』の説明とは、うってかわった口調である。自分に言いきかせでもするような、呟き声なのだ――。「しかし、梨花槍は以前からあったものです。宋の李全が、この武器を用いて、山東に覇をとなえた史実があります……」

中田も、浅野の顔から視線をはずそうとせずに、なにかをうかがっているようにみえた。二人は、まるで、にらみ合っているように、対坐しているのだった。

浅野は息苦しさをおぼえた。しかし、彼は前もって、心の準備ができていた。それにひきかえ、中田祐作は不意打ちを喰ったのである。中田のほうが、はるかに息苦しいにちがいない。言葉がとぎれたのは、きっとそのためであろう。

「在来の武器を、倭寇のために使ったというわけですね」

浅野は口をはさんだ。

中田はうなずいて、

「沈荘というところで、大いに倭寇を破ったのは、梨花槍のおかげだったと、言われとります。たしかに、威力があったんですな」

「どんな形をしてるんですか？　教えてくれませんか？」

「簡単なものです」と中田は答えた。「でも、やっぱり図説を見てもらったほうがいいでしょうな」

中田はまた本の頁を繰って、浅野に見せた。

じつに簡単なものである。それは一本の長槍にすぎない。ところが、先端の刃のすこし下のあたりに、小さな筒状のものが縛りつけられている。

「説明するまでもありません」中田はゆっくりと言った。

「図の横の説明文を読んでいただけば、たいがいおわかりでしょう」

浅野は『梨花槍図』の横の説明文を読んだ。それは、明の崇禎八年、兵部侍郎畢懋康の書いた『軍器図説』の註を、そのまま写したものであった。

槍の先端に近い部分に結びつけられた筒には、噴射火薬がこめられている。火をつけると、発射数丈、薬にあたった敵は昏眩して地に倒れてしまう。火尽きれば、則ち槍を用いて敵を刺す、とある。

火薬を装塡する筒は、なんどもとりかえることができる。筍形の筒は、先端の口径が三分、底のほうの口径が一寸八分だから、兵士は数筒を携帯できたのだ。底のほうに薬をつめ、泥土で閉じてあり、尖頭に点火するようになっている。――この梨花槍は『沈荘にあって、以て倭寇を禦ぎ、果してその用を得たり』

これ以上の説明が要るだろうか?

都会育ちの浅野は、梨の花とはどんなものか、知らない。白い花の粒が樹をつつむように、ふくよかに咲いているのだろうと思う。研究所でのあの青白い閃光からは、ほど遠いものにちがいない。彼は自分が梨の花のなかにいた、と想像してみた。見るほうと、見られるがわとでは、大へんなちがいがある。やわらかく咲き匂っているようにみえても、花のほうでは、精一ぱいなのだろう。花ざかりのなかでは、すべての花の器官がギラギラときらめいている。それ自身が発光体なのだから。

浅野はとんでもない『誤解』を受けていた。相手の目には、怪しい発光体であったろう。だが、彼自身はなにも知らなかった。思いもかけないことが、この人生ではおこりうる。知らぬまに、そして、うむをいわさず、発光体にされてしまうこともあるのだ。あの人工の閃光は、なにかを象徴するように、いつまでも浅野の心のどこかに、とどまるであろう。そして彼は、自分のすがたが他人の目にどんなふうに映るか、折にふれて考えこむにちがいない。それは、けっして体裁を飾ることではない。正しいすがたを、ひとに見てもらおうとつとめるのは、大切なことだ。

浅野の目はながいあいだ、『梨花槍図』のうえにおとされていたが、もうそれを見ているのではなかった。

「もう、おわかりですね？」

中田祐作の声に、浅野は我に返った。

「わかりました」

と、浅野は反射的に答えた。

中田はその本を閉じて、

「じつに簡単なものでしょう」と言った。

「説明文を読むと、その火薬では人を殺さないんですな」と、浅野は念を押すように、言った。「つまり、目つぶしに使うだけのようですね？」

「そうです。夜戦ではおそらく照明弾の役目もつとめたでしょうね。こちらからは見えるが、相手のほうは目がくらんで、こちらを見ることができんのです」

そう言って、中田はほほえんだ。なんとも形容のしようのない、奇妙な笑いだった。笑いながらも、彼のほそい目は依然として、浅野の顔にそそがれていた。

ふだんから、中田はめったに笑わなかった。しかも、こんな異様な笑い方は、いちども見せたことがない。ひょっとすると、これは笑いではないかもしれない。中田の大きな顎から、すっかり力が抜けてしまったため、笑ったように見えただけではなかろうか？

浅野は、その不思議な微笑に、辛抱できなくなった。彼は立ちあがって、言った。

「では、今日はこれぐらいで失礼します。退院したばかりで、どうもまだ、芯の疲れがとれていないようですからね」

「それは、そうでしょう」と中田は言った。

「ところで、これからどちらへ？」

「家に帰って、やすみます」浅野は答えた。

「警察へは行かんのですか？」

「もう警察には、用はありませんよ。どうもあの事件のことは、警察でも諦めちゃったのじゃないですか。……被害者が助かったことでもあるし……」

「そうですか。……では、お大事に」

中田は階段のところまで、送りにきた。

浅野は、そこではじめて、中田の視線をのがれた。

階段を四、五段おりたところで、浅野はちょっとからだをねじって、

「初子ちゃんが、近いうちに婚約なさるそうですね？」とたずねた。

「そうです……」

そう言って、中田はなにか含み声で笑ったようである。浅野はそのまま、階段を降りた。

「一年まえからのつき合いだったそうで、まったく……ク、ク、ク……」

二階からの声はきこえたが、浅野はふりかえらなかった。


浅野は芙美子と一しょに、食堂のそとへ出た。

大学の構内には、秋風が吹いていた。芙美子のスカートが、ときどき、心もちふくらむ。浅野は、傷あとをかばいながら、ゆっくりと足をはこんだ。

実験農園のまえで、二人は立ちどまった。浅野は柵の竹をつかんだ。まだ青みの残っている竹は、秋の日ざしをその肌にたっぷり吸いこんでいた。浅野の手のひらに、

そのぬくみが、やわらかく伝わってくる。

芙美子も、浅野に倣《なら》って、竹に手をふれた。

「この竹を使ったのね」と彼女は言った。

「そうでしょう」浅野は竹をつかんだまま、答えた。「このさきに短刀をゆわえつけたにちがいない……」

「それから、火薬を仕込んだ筒を、竹からそっと手を離した。

芙美子はそう言って、竹からそっと手を離した。

「本物の梨花槍は、鉄の筒だけど、夜店で売っている花火みたいに、紙の筒でも代用できるんですよ。ぼくにとっては目つぶし、彼にとっては照明弾になったわけですね」

と浅野は説明した。

「おそろしいわ……」

芙美子は、かすかに肩をふるわせた。

「あの部屋は、鉄格子がはまっていたけど、窓はあいていたんです。すきまから槍をさしこむことぐらいはできますよ。暗いので花火みたいなものを、照明用に使ったんですね。彼は倭寇のことにくわしく、梨花槍のことも知っていたから、それで思いついたんでしょう。……それから椅子の背の短刀のあとは、ぼくを刺そうとしてしくじったのではないかもしれない。そのまま槍を窓からひきあげると、短刀から血がしたたって、兇器の径路がわかるじゃありませんか。椅子の背を突いて、血をぬぐったのだと思いますね」

説明の最中も、浅野は手のひらで、竹の肌を撫でながら、なにかを吟味していた。自分の身辺のことで、わからない部分を、彼は『人生のふくらみ』と思っていた。一つのことが解明されると、それだけふくらみがしぼむ。こうして彼は、子供のころから、大きなふくらみを、小さくしながら、大人になった。

いま、事件の謎も解けたが、こんどのふくらみは、決してしぼまない。彼はこの『ふくらみ』を、墓場まで持って行かねばならないように、思った。

「でも」と、芙美子が思い直したように、言った。「あのおじさんも、これからは冗談がわかるようになるんじゃないかしら？」

「そうかな……」浅野は首をかしげた。「冗談がわかるのは、かなりむずかしいことですよ。しかし……すくなくとも、あのおやじ、これからは、なにをするにしても、ものごとを確かめてからにするでしょうね」

芙美子は、大きな息をついて、

「もう行きましょう」とうながした。

二人は秋の陽を背にうけながら、農園の柵に沿って歩きだした。

降霊術

山村正夫

山村《やまむら》正夫《まさお》（一九三一〜一九九九）

名古屋外国語専門学校（現南山大学）在学中に書いた「二重密室の謎」が、一九四九年、「宝石」に掲載されてデビュー。文学座演出助手、内外タイムス社会部記者をへて文筆生活に。一九七七年に『わが懐旧的探偵作家論』で日本推理作家協会賞を、一九八〇年に『湯殿山麓呪い村』で角川小説賞を受賞する。一九八一年から二期四年、日本推理作家協会理事長。

1

ガス・ストーブの薬罐の湯を急須《きゅうす》に注ぎ、熱いお茶をいれ換えて持っていったとき、弁護士の諏訪部《すわべ》鍈作《えいさく》は、暗いうつろな眼差《まなざし》を事務所の窓外の闇に向けたまま、まだ身じろぎもしないでいた。秘書の蛯原《えびはら》慈子《いつこ》は、眉をしかめて溜息をついた。珍しいことだった。

ふだんお洒落な諏訪部弁護士の斑白《はんぱく》の髪の毛が、そそけたままになっている。恰幅がよくて、いつも法廷で見かけるときは、貫禄十分な彼の姿が、今夜に限って別人のように思えるほど、悄然として精彩がないのである。

そういえば極度の疲労の翳《かげ》が、彼の年を十歳以上も老け込ませているし、意志の強そうな眉と眉の間には、何かを案ずるような深い憂悶《ゆうもん》の皺が刻まれている。さっき慈子が、タイプを打ったばかりの書類にも、目を通した形跡はなかった。

「お茶をいれましたけど……」

と、慈子が思い切って言うと、諏訪部弁護士ははじめて放心状態から我にかえったように、顎の下で組んでいた手を解きほぐした。

「ああ、すまん、すまん。ついつまらんことで、考えごとをしていたもんだからね」

彼は目をしばたたかせて微笑にまぎらせると、茶托《ちゃたく》の上の万古焼《ばんこやき》の茶碗から、うまそうに茶を一口啜《すす》ってから壁の電気時計を見上げた。

「あと十五分で十時だね。今夜は遅くまで居残りをしてもらって悪かったが、十時に蒔室《まきむろ》に約束の電話をすませたら、一緒に帰ろう。お茶でもおごるよ」

「あら、わたしのことなら心配はいりませんわ。それより先生の方こそ、わたしにかまわずに、先にお帰りになったらいかがですか。何だかとても、疲れてらっしゃるようですもの」

慈子は、邦文タイプを据《す》えた自分の机の前に戻ると、心配そうに言った。

「いや、疲れているわけじゃないんだ」

と、諏訪部弁護士は力なく首をふったものの、すぐに最前までの深刻な表情にかえった。

「ただ蒔室のことで、ちょっと気がかりのことがあるだけなんだよ。あいつはまったくどうかしている。病気のせいもあるにはあるんだろうが、今夜呼ばれた心霊実験の会は、あんまり常軌を逸しているんで寒気を覚えたよ。僕はまだいまだに悪夢を見ているような気がしてならないんだ」

彼は机の上のウェストミンスターの罐《かん》から、煙草を一本抜くと眉根《まゆね》を曇らせながら言った。

「あいつが、さいきん心霊実験に凝《こ》っているとは聞いていたが、あれほど異常に熱中しているとは知らなかった。蒔室惣輔《そうすけ》と言えば、日本でも一流の陶芸家で、地位も財産もあるというのに、馬鹿馬鹿しくてとても信じられんことだ。大事な遺産相続の問題にまで、あんな怪しげな霊媒《れいばい》をたよるなんて……」

そのせいで、考え込んでいたのかと、慈子ははじめて納得がいった。

蒔室惣輔は今年六十三歳。代々京都の陶工の家に生まれて、京焼や伊勢の万古焼、紀州の善明焼などの流れを汲《く》んだ焼物を得意として、昨年無形文化財にも指定され、陶磁器の研究家としても有名な老大家である。

慈子が、いまお茶をいれて出した茶碗も、惣輔がみずから庭の窯《かまど》で焼いて贈ってくれたものだった。惣輔と諏訪部弁護士とは、旧制中学時代からの親友同士なのである。その縁で、長年、諏訪部は蒔室家の顧問弁護士をつとめてきていた。

そして今夜も、その惣輔の自宅に招かれて、この銀座並木通りのSビル五階の事務所まで帰って来たのは、つい二時間ほど前のことであったのだ。

「じゃあ、先生は、蒔室家の心霊研究会に、単なるオブザーヴァーとして呼ばれて、出席なさったわけじゃなかったんですのね」

慈子は、その心霊実験のことは、あらかじめ聞かされていたので、秘書らしい聞きかたをした。

「そうじゃないんだ。僕もそのつもりで出かけたんだがね。いざ行って見ると、あいつの家の莫大《ばくだい》な財産を、誰に遺《のこ》すかと言う遺言状の書き換えについての相談だったのさ。それもいちいち、女鹿田鶴子《めがたづこ》と言う霊媒に桐絵《きりえ》さんの霊を呼び出してもらって、それにお伺いを立てるんだから、やりきれやしない」

「その桐絵さんというのは？」

「ああ、君にはまだ話してなかったっけね。彼女は、三十八年前に自殺した蒔室のフィアンセなんだよ。その自殺事件について話すと長くなるが、ともかく蒔室は、長年そのことを苦にしつづけて来たらしいんだ。そのためにあいつは、このところ、桐絵さんの霊に、すっかり、とり憑《つ》かれてしまっている。

おかげで頭の方まで、少々異常を来《きた》して来たと見えて、まるで口にすることが正気の沙汰じゃないんだ。今夜も何を言い出すのかと思ったら、誰かに殺されそうだと、真剣な顔をして訴えるんだよ。それも家族の中に、殺意を持つものが、いるに違いないと言うんだからね」

「まあ、……それで、遺言状の書き換えをなさる気になったんですね」

諏訪部弁護士はうなずいた。

「そんな恐れのある人間に、財産をビタ一文も遺すわけには行かない、とそう思ったんだろうね。今夜の心霊研究会は、その不逞《ふてい》の人物を確かめるためのものだったんだよ。大事な遺産相続の問題なのに、顧問弁護士である僕には一言の相談もなく、桐絵さんの霊にたよろうなんて、まったく狂っているとしか思えないじゃないか」

だが、彼は口ではそう言ったものの、その夜、蒔室家の古風なコロニアル様式の応接間で行なわれた心霊実験の模様を思い浮かべると、異様な恐怖感を覚えずにはいられなかった。

（あれは幻覚だったのだ）

と、諏訪部弁護士は、無理に思い込もうとした。彼にとっては、そうした神秘な実験を目のあたりに見たのは、生まれて初めての体験であった。

2

その集まりに出席したのは、彼と蒔室惣輔のほかには、盲目の女霊媒師の女鹿田鶴子と、蒔室家の家政婦をしている宮園《みやぞの》早苗《さなえ》の四人だけである。惣輔の妻の遼子《りょうこ》は留守をしていた。故意《こい》に家を空けたのかもしれなかった。

たとえ家にいたとしても、夫の以前のフィアンセの死霊を呼び出す、そんな屈辱的《くつじょくてき》な集会には、妻としてとても加わる気にはなれなかっただろう。

火の気のない寒《さ》むざむとした応接間内には、はじめから肌に冷気のように感じられるただならぬ雰囲気がみなぎっていた。

ドアは固く鍵をかけて閉めきられ、窓にも厚いカーテンが重くたれ込めていた。そして部屋の中央のマホガニーのテーブルを囲んで三人の人間が坐り、それから少し離れたところに、霊媒が手足を固く縛って腰をかける。やがて暗闇の中でテーブルの上の燭台の赤色蠟燭に火が点《とも》され、そのゆらめく焔を見つめながら、惣輔の指示に従って、グレゴリアン聖歌に似た単調な歌の一節を、繰り返し繰り返しハミングでくちずさむのだ。

そのとき諏訪部弁護士は、ジャスミンの強烈な香水の匂いが、どこからともなく漂《ただよ》ってくるのを嗅《か》いだ。それと同時に、まるで魂の振動する響きのように美しくさえた振鈴の音が、はじめはかすかに、そのうち次第に高く、闇の中を転るように尾を引いて聞えてきた。霊媒の身に著《いちじる》しい変化が起こったのはその直後であった。

諏訪部弁護士はまざまざとその目で見、耳に聴いたのである。白いチュールのガウンをまとった女鹿田鶴子の躰が、おこりのように小刻みに痙攣《けいれん》して、縄を振りちぎらんばかりに身悶《みもだ》えしたかと思うと、まるで奇跡のように、その皺だらけの汚ない老婆の顔が、序々に闇に溶解《ようかい》して、お下げの美しい少女の顔に変わり、その唇から信じられないほど若々しい声が洩《も》れたのを。

（不思議だ。この世にあんな奇怪なことが起こり得るのだろうか）

諏訪部弁護士は、まだ頭に生々しくこびりついている、数時間前の気味悪い出来事の回想から覚めると、ふと半信半疑の気持のままあることを思いついた。

「そうだ。蛯原君。そこの書類戸棚に、僕の古いアルバムがあるはずだから、ちょっと持って来てくれないか」

慈子は、怪訝《けげん》そうな顔つきをしたが、すぐに席を立って、事務所の隅の法律関係の専門書や法廷記録のファイル等がぎっしりつまっている戸棚の奥から、埃《ほこり》にまみれたアルバムを取って来た。

そのアルバムは、諏訪部弁護士が、何かのときに自宅から持ち出して来て、その戸棚に突っ込んだまま忘れていた古い写真帳だった。

彼は懐かしさと奇妙な不安との入りまじった気持にせかされながら、そのアルバムの西陣織の厚い表紙を開いた。もう黄色く変色しているその中の写真は、どれもが大学の法科の学生時代に撮った写真ばかりである。

ひと昔前なので角帽をかぶってはいるが、絣《かすり》の着物に木綿の袴《はかま》姿で写したスナップ写真が多い。彼は戦《おのの》く手で、次々とページをめくって行った。その一枚に、惣輔と並んで華厳《けごん》の滝《たき》で写した記念写真があった。横に手札型の女学生の写真が、斜めに貼りつけてある。

やはり当時の服装で、束ねた髪をリボンで結び、単衣《ひとえ》の着物を着て袴を胸高にはいているが、フランスの印象派の画家モネが描いた肖像画のように、目許や口許に、柔《やわ》らかな光りが陰影をつくった、愛くるしい顔だちの少女であった。

古い写真館なら、以前はどこにでもあった、脇息《きょうそく》を大きくしたような椅子に横坐りに腰かけ、白水仙の花を形のいい唇《くち》の辺りで、つつましく手にしてポーズを作っている。それが惣輔の亡きフィアンセの美坂《みさか》桐絵の写真なのだった。

諏訪部弁護士は、その写真を一目見たとたん、思わず肌寒いものを感じないではいられなかった。まさかと思って念のために確かめて見たのだが、あの応接間の闇の中に幻《まぼろし》のように浮かび上がった顔は、紛《まぎ》れもなくその古びた写真の中の桐絵の顔とそっくりだったのである。

三十八年前——十七歳の身空《みそら》で、はかなく自殺した桐絵の像を、あの盲目の霊媒は、いったいどういう不思議な方法を用いて再現できたのであろう。

「先生、十時になりましたけど……」

彼がはげしいショックを感じてそのアルバムを閉じたのと、そばから覗《のぞ》きこんでいた慈子が、ちらっと電気時計を見上げて言ったのは同時だった。

「わたしが、電話をおかけしましょうか」

「たのむ」

慈子はすぐにダイヤルをまわしたが、間もなく受話器を耳に押しあてたまま、おやというように首をかしげた。

「どうしたんだ。話し中なのかね？」

「それが変なんです。ガチャッと受話器を取り上げる音がして、通じるには通じたんですけど、誰も出て来ないんです」

怪訝《けげん》そうに言うのを聞いて、諏訪部弁護士は慈子の手の受話器を横どりした。

「もし、もし、もし、もし……」

なるほど、何度呼んで見ても返事がない。

返事がないかわり、しばらく待つうちに奇妙な物音が聞こえて来た。

惣輔の家の電話は、昔からある古い土蔵を改良した仕事場内にあるはずだった。

その仕事場の中で、誰かが横笛を吹いているのだ。その嫋々《じょうじょう》たる音色が、突然フッツリと止むと、今度はリイン、リイン……と、鼓膜《こまく》の底に滲《し》み通るような振鈴の音がして、それもじきに消えてしまった。と、その後から——何ともいえない恐ろしい人間の呻《うめ》き声が、途切れ途切れに聞えてきたのである。まさしく惣輔の声に間違いなかった。

「おいっ、蒔室っ、何が起こったんだ！　もし、もしっ……」

と、諏訪部弁護士は、夢中で受話器に向かって怒鳴ったが、つぎの瞬間、その手は冷たく汗ばみ、彼の顔は見る見る蒼白《そうはく》に変わった。

物輔の呻き声の次に聞えて来たのは、誰かが荒々しくテーブルにぶつかるような物音で、それもじきにしずまると、ほんの数秒の空白時間の後に、押しつぶされて躰中の血が一時に口からほとばしり出たような、惣輔の断末魔の叫び声が、一声ひびいたのだった。

諏訪部弁護士は、電話を切ると、反対側に手をのばして、コート・ハンガーのコートと帽子をつかんでいた。彼は血相を変えて慈子に言った。

「大変だ！　蒔室の家に何かあったらしい、僕はこれからすぐに行って見るから、君は急いで警察へ連絡してくれないか」

3

それがちょうど、陰暦《いんれき》の雛祭《ひなまつり》に当たる四月七日の午後十時十五分頃のことであった。

諏訪部弁護士は自家用のルノーを運転して、それから三十分後に、世田谷区弦巻町《つるまきちょう》にある蒔室家に着いて惣輔の無残な死体と対面していた。

こういうと、いかにも奇異に聞えるかもしれないが、惣輔は心霊実験の会の後は、ずっと土蔵の中に閉じ籠《こも》ったきりだったので、家族の中には、誰も変事に気付いたものはいなかったからだった。

報《しら》せを聞いて駆けつけた、警視庁の捜査一課員と鑑識課員の現場検証は慎重をきわめた。

同じ変死事件でも、著名な名士とそうでないのとでは、自《おの》ずと格の相異があるのかもしれない。

死体の検屍も、まるで高価な品物でも扱うように鄭重《ていちょう》だった。

――その結果、判明した蒔室惣輔の死の状況は、次のようなものであった。

まずはじめに問題の土蔵だが、これは惣輔の父が明治初年、このあたりがまだ世田谷村と呼ばれていた頃に建てたものだから、優に百年以上の星霜《せいそう》に晒《さら》されていたことになる。

間数が十以上もある広大な屋敷内の、陽の差さない戌亥《いぬい》の方角に、母屋《おもや》と土廂《つちびさし》の廊下で接続して建っており、緑青《ろくしょう》のように苔《こけ》むした瓦葺《かわらぶ》きの屋根に白漆喰《しろしっくい》塗《ぬ》りの壁を擁して、その外観は、見るからに旧家の土蔵にふさわしく頑丈《がんじょう》で古めかしかった。ただ、表に向いた方に土扉をつけ、金網で塞《ふさ》いだ小窓があるのは、土蔵本来のものだが、庭に面した方に一箇所、鉄格子のはまった四角な窓が穿《うが》ってあるのは、惣輔の代になってから改築したものに違いなかった。

改築といえば、屋根には煉瓦《れんが》造りの煙突が突き出ているし、その土蔵の内部も、ふつうの倉のつくりとはまったく趣《おもむき》を異《こと》にしていた。

中は二間に仕切られ、廊下伝いに観音《かんのん》開きの入口から入ってすぐの、以前蔵座敷であったところ――つまり鉄格子のはまった窓のある側が、暖炉《だんろ》のある洋風の書斎になり、その奥が板敷きの仕事場になっている。

惣輔は、その書斎の化粧煉瓦で囲った暖炉の前に、パジャマの上に黒繻子《くろじゅす》のガウンを着てうつぶせに倒れていたのだった。

火床の方を向いた横顔が、生乾きの石膏の面を手でぐしゃっと押し潰《つぶ》したように凄まじく歪《ゆが》んで、白目をカッと剝《む》いていた。

死因は鋭利な刃物で抉《えぐ》った下腹部と胸部の鋭い刺傷で、肋膜《ろくまく》に達する胸の方の傷が、致命傷であることはいうまでもなかった。しかも夥《おびただ》しい鮮血が躰の下の血溜りから滲み出して、極楽鳥《ごくらくちょう》と花模様を刺繡《ししゅう》した、厚いゴブラン織のジュウタンをも真紅に染めており、鬢《びん》のあたりでくの字に硬直した右手の指のあいだにも、べっとりと乾いた血がこびりついていた。

断末魔の苦悶の際に暴れて、胸の傷でもかきむしったものであろう。その証拠に死体の足許には、フェルトのスリッパが乱雑に脱ぎ捨てられていた。

鑑識課員が、その死体を中心にした土蔵内の陰惨な状況を、カラー・フィルムを使ってスピグラで丹念に撮影したが、彼等が発見した奇妙な事態は、惣輔を死に至らしめた刃物が、死体の周囲のどこからも見つからなかったことと、右手首から十センチほど離れた火床に、半ば焼け焦げた漆塗りの横笛が、薪の灰の中に突きこまれていたことだった。

そういえば、諏訪部弁護士が家人とともに土蔵内に踏み込んだとき、もう火を必要としない季節にもかかわらず、死体のそばで悪魔の舌のような焔が、赫々《あかあか》と燃えさかっていたのである。

凶器が現場から発見されない以上、惣輔の死が自殺によるものでないことは、誰が見ても明瞭であった。惣輔が我と我が胸を刺して、その凶器を窓の外に投げ捨てたなどということは、暖炉と窓の距離が離れている事実からいっても、とても考えられることではない。彼は心霊実験の会が終った後、土蔵内に閉じ籠っているところを、何者かに殺害されたものに違いなかった。

だが、現場内の状況で、係官が何よりも首をひねらされたのは、その奇怪な死の状況だったのである。

この事件は典型的な密室殺人——すなわち出口のない部屋における殺人であったからだった。

4

翌朝、夜が明けてから現場の再検証に取りかかった警視庁捜査一課の竜宮寺亘《りゅうぐうじわたる》警部は、家人の簡単な下調べを行なった部下の津沼《つぬま》刑事から報告を受けると、改めて土蔵の入口の、観音開きになった白漆喰塗りの土扉の前に立った。

その入口は防火用に二重扉になっていて、その土扉を開いてもさらにその次に、頑《がん》丈《じょう》な格子戸があるのである。一般的には入口に土扉がないのがふつうだが、惣輔の家にはそれが残っていて、変っているのはその二つの扉に、いずれも内部に錠前が取りつけてあり、それに堅固な南京錠がぶらさがっていたことだった。

その錠前は、外側から破壊されていた。

「これは、被害者が三年ほど前に勝手にこういう風に、つくり変えたものなんだそうですがね。昨夜、諏訪部弁護士が駆けつけて、家政婦の宮園早苗と二人で中に入ろうとしたときには、この扉の鍵は二つとも内部から固くかけられていたそうなんですよ」

と、若い津沼刑事は、壊れた錠前を指差しながら言った。

「それで、出入りの鳶《とび》の親方を呼んできて、錠前を壊してもらって飛び込んでみると、被害者の死体を発見したというわけなんです」

「すると、そのとき犯人はまだ土蔵内に隠れていたことになるね」

竜宮寺警部は、その錠前をつぶさに点検してから、にわかに頰を緊張で強張らせた。

「どうしてですか？」

と、津沼刑事の目が光った。

「だって、犯人がその前に逃げ出したとすれば、当然、土蔵の扉が開いていなければならないはずだろう。僕はそうだとばかり思っていたよ。この扉の鍵は、二つとも書斎の方の中国風のテーブルの上にころがっていたそうじゃないか」

「ええ、その通りですが……」

「それならなおさらだよ。これがふつうの洋式の部屋ならだよ、犯人がいったん外からドアの鍵をかけておいてだ、死体発見後、その鍵をわれわれが到着するまでのあいだのどさくさに紛《まぎ》れて、何喰わぬ顔で置いておくということも考えられる。だがね、この錠前だけは特別だ。土蔵というものは、古い家具類や骨董品《こっとうひん》をしまっておくところだから、そのために出入りするのに必要な、外側の錠前さえあればいいはずなのに、この土蔵は被害者が何かわけがあってそうしたものと見えて、内側から閉まる錠前だけしかない。

とすると、いま言ったような小細工は不可能で、犯人がどこかに息をひそめて、隠れていたとしか考えられないじゃないか」

「しかし、おかしいですね。諏訪部弁護士の話によると、そんな怪しい人影は、影も形も見えなかったそうですよ。職業柄とっさに隣りの仕事部屋の方も、確かめてみたと言っていますから……」

「そうかといって、あの頑丈な鉄格子のはまった窓から、犯人が出入りすることも不可能だよ」

竜宮寺警部はそう言うと、津沼刑事を伴なって土蔵の中に入っていった。

陽がまったく差さない北向きにあるせいか、外はもうすっかり明るくなっているというのに、内部はまだ夜の世界のままだった。洞窟の中のようなひんやりとした空気が漂っている。その空気は、妙に湿気を含んでいた。

その上、ジュウタンに滲み込んだ多量の血液が、蒸発してその空気の中に溶け込んででもいるかのように、埃と黴臭《かびくさ》い匂いにまじって血腥《ちなまぐさ》い臭気が鼻をつくのだ。

その醱酵《はっこう》したようにむれた闇が、樹脂《じゅし》のように差し込む光にところどころが薄れて、土蔵内のたたずまいが幻影のように浮かびあがっていた。

「電気をつけましょうか」

と、津沼刑事が言うのに警部は首をふって、まず入口を入ってすぐの書斎の方を眺めた。

物輔の遺体は、大学病院で解剖に付されるために、もはや運び去られていたが、調度類はすべて、昨夜の現場検証の際に見たときと同じ状態を保っていた。縁《ふち》にけばけばしい彫刻と彩色を施した、中国風の朱塗りのテーブルと椅子。そして、さすがは有名な老陶芸家の書斎だけあって、暖炉のマントルピースの上にも、螺鈿《らでん》を鏤《ちりば》めた黒檀の違い棚の上にも、唐三彩鍑《ふく》、宋汝窯《じょよう》青磁水禽文鉢、それに藤原時代の漆胡瓶《しっこへい》などが、冷い陶器の光を放って飾られている。

隣りの仕事部屋の——木製の手《て》ロクロや蹴《け》ロクロ、それに蛙目《かえろめ》、木節《きぶし》などと呼ばれる生の陶土やヘラなどが雑然と取り散らかっているのに較べて、そこだけが神経質なくらい整然としているだけに、よけい、異様な冷気に似たものがひしひしと身に迫《せま》って来た。

竜宮寺警部は、それらをひと渡り見まわすと、問題の暖炉とは反対側にある、たった一つしかない四角な窓のそばへ近づいた。

「見たまえ。いま言ったこの窓だがね。これはさっき物差しで計ってみたら、三十センチ四方しかないんだよ。仮に鉄格子がなかったとしても、これじゃよほど瘦せた人間でもない限り、忍び込むことはもちろん、出ることもできないんじゃないのかな。残るのは、仕事部屋の上の明かり取りの小窓しかないが、あれも目の細《こまか》い金網が張ってあるのだから、問題外ということになる。

それに、犯人が推理小説にあるように、鍵穴から糸とピンを使って鍵だけ中へすべり込ませたとも思えないし……」

「そうすると、警部さん……」

と、津沼刑事はいっしゅん瞬《まばたき》をやめて、生唾を呑み込んだ。

「犯人が被害者を刺し殺した後、この土蔵の中で魔術を使って、煙のように消え失せたことになるじゃありませんか。まさか警部さんは、幽霊が犯人だとでもおっしゃるんじゃないでしょうね」

だが、竜宮寺警部は、それに答えるかわりに、だしぬけに低い声でおやとつぶやいた。そして無言で二、三歩足を進めると、仕事部屋の上の明かり取りの小窓に食い入るような視線を注いだのである。

津沼刑事も思わずハッとした。

その四角な枠の中の金網の向こうに、人の姿がうつっているのだ。

よく見るとそれは、土蔵の向こうのコンクリート塀すれすれに、隣りのアパートが建っていて、その二階の窓のカーテンの陰から、誰かがのびあがるようにして、ひそかにこちらの小窓を通して土蔵内を窺《うかが》っているのだった。

顔はよくわからないが、ポロシャツ姿の学生のようである。

だが、好奇心のあまりアパートの住人が覗見《のぞきみ》しているのとは、どうもようすが違っていた。

5

それからしばらくたって、土蔵を出た竜宮寺警部が、事件の関係者の中で最初に会うことにしたのは諏訪部弁護士だった。

死体の最初の発見者というだけではない。

蒔室惣輔の中学時代からの親友であり、顧問弁護士でもある彼に、参考人の事情聴取という点で、警部が多大な期待を抱いたのは当然のことだった。朝になってからの念入りな再検証の結果、刑事の一人が、書斎の違い棚の引出しから、まだ上書きの筆も真新しい、惣輔の遺言状の封筒を見つけたのだから、なおさらのことである。

遺産相続の問題と殺人の動機とは、密接な関連がありそうだった。警部は今度の事件に正面からぶつかっては、とてもあの密室の謎は簡単に解けそうもないと悟ると、その方からの探りを入れて手掛かりを見つけ、捜査を進めるよりほかにはないと決心を固めたのである。

竜宮寺警部が、昨夜、奇怪な心霊実験の会が行なわれたという、あの玄関わきの豪華な純英国風の応接間に入って行くと、諏訪部弁護士が、不機嫌な顔つきで、ヴィクトリア王朝風の黒一色の家具を揃えた室内を、いらいらと歩きまわっていた。窓外の暗い植込みの影がその足許に落ちている。

　現場検証が、予想以上に手間どって長引いたため、かなりの時間、そこに一人で待たせてあったことで気を悪くしたのではないかと、警部は気づかったが、そうではなかった。

　その証拠に諏訪部弁護士は、竜宮寺警部の姿を見るなり、ほっと救われたような面持ちになって、まるで彼自身の仕事の依頼人と面談でもするかのように、いそいそと椅子に坐って向かいあった。その目が神経の疲れをそのまま示しているかのように、弱々しく微笑している。

「昨夜のことを思い出すと、蒔室がいまでもこの部屋に坐っているような錯覚を起こして、いたたまれなくなってくるんですよ。あんな不思議な実験を、この目で見たのは、生まれてはじめてですからね」

　と諏訪部弁護士は、おびえた子供のように顔の筋肉を歪《ゆが》めると、さっそく上着のポケットから老眼鏡のケースを取り出した。それから、

「遺言状が見つかったそうですね」

　と、身を乗り出すようにして言った。

「じゃあ先生は、その件については、あらかじめご承知だったんですね？」

竜宮寺警部は、手に持っていた封筒を相手の目の前に置いて咳払いをした。諏訪部弁護士はうなずくと、

「新しく書き換えたものを、今朝、受けとる約束になっていましたからね。昨夜あの時間に電話をかけたのは、そのことで前もって相談することがあるかもしれないと、心霊実験の会のときに言っていたからなんです。何しろ、動産、不動産合わせて三十億円近い財産ですのでね。蒔室が神経をとがらせるのも無理はないんですがね」

「この遺言状を、いまここで開封するわけにはいかないんですか」

「それはちょっと無理ですね。故人の意志で死後三日たってから、開けるようにとそう言われているものですから……」

警部は残念そうに唇を噛んだが、すぐに別な質問に切り換えた。

「では一つだけ伺いますが、この新しい遺言状を作成する前に、遺産相続者として指定されていたのは、誰だったんでしょうか？」

「奥さんの遼子さんですよ。しかし蒔室は最近、猜疑心《さいぎしん》が極度に嵩《こう》じて、ノイローゼ気味でしてね。被害妄想にかかっていましたから、それで書き換えなどする気になったのでしょう」

「奥さんは、そのことをご存知だったんでしょうか？」

「むろん、知っていたと思います」

「すると奥さんは、そのことでは被害者を憎んでいたことになりますね。ところでその心霊実験の件ですが……」

警部はシガレットケースから煙草を取り出して、諏訪部弁護士に勧《すす》めた。

「僕は無神論者なんで、霊魂がどうのこうのという、神がかった話は苦手なんですがね。被害者が心霊実験に凝っていたのは、三十八年前に自殺したフィアンセの霊を呼び出すためだったそうじゃありませんか」

「ええ。近頃の彼は制作などそっちのけで、桐絵さんの招霊に溺《おぼ》れ切っていましたからね」

「そのフィアンセの方の、自殺した原因は何だったんですか?」

諏訪部弁護士は目を閉じて、彼自身の青春時代を追憶するように言った。

「彼女の兄貴の美坂と蒔室、それに私の三人は、旧制中学時代からの親友同士だったんですよ。それが美坂が急病で死んでから、桐絵さんは身寄りがなくなったため、蒔室家に引き取られることになったんです。彼女は美坂の生前から、蒔室との間に婚約が出来ていたもんですからね。しかし、蒔室のいまの奥さんである遼子さんの父親が、当時彼の陶芸の方の師匠だったところから、遼子さんはその義理や地位を利用して、蒔室を横奪りしてしまったんですよ。そのために桐絵さんは、蒔室の婚礼の晩にとうとう発狂してしまって、淡い雪洞《ぼんぼり》の灯の点ったあの土蔵内で、美坂の遺品《かたみ》の横笛を吹き、長持の中にしまってあった昔の大名のお姫さまが着たという、花嫁衣裳の搔取《かいど》りを着て、懐剣《かいけん》で喉を突いて死んでしまったんですよ。それが奇しくも、三十八年前の雛祭の宵――つまり昨日と同じ日の出来事だったというわけなんです」

「あの土蔵の中で死んだんですか」

竜宮寺警部はさいぜん津沼刑事が洩らした、幽霊という言葉を脳裡に思い浮かべて、背筋になんともいえない異様な寒気を覚えた。馬鹿なと思いながらも、彼の心は戦《おのの》かずにはいられなかった。

〈そうすると、惣輔を殺した犯人は、やっぱり桐絵の霊だったのだろうか〉

警部は身ぶるいをして溜息をついた。

「つまり、蒔室や奥さんを呪って、恨み死にしたというわけですね。それで蒔室さんは良心の呵責《かしゃく》にたえかねて、心霊実験に凝りだしたんでしょうか」

「それもあるでしょうが、僕は、蒔室がやはり本当に愛していたのは、いまの奥さんではなくて、桐絵さんだったんじゃないかという気がするんですよ。こう言ってはなんですが、もうだいぶ以前から蒔室と遼子さんとの夫婦仲は、きわめて冷えきっていたようなんです。それに、持病の喘《ぜん》息《そく》がひどくなってきてからは、よけいにそうした神がかり的な物に、すがる気になっていたんでしょう。何から何までお伺いを立てていたらしいんですが、昨夜はとうとう、目分の財産を狙《ねら》って殺意を抱いている人間の名を、霊魂の口から明かしてもらおうとしたんですよ」

「それで、桐絵さんの霊は何と答えたんですか？」

諏訪部弁護士はちょっと息を呑んで、壁にかけた写楽の絵に視線をそらせた。

「遼子さんと、石狩悠一《いしかりゆういち》の名を挙げたんですよ」

「その石狩というのは？」

警部が初めて耳にするその名前を訝《いぶか》って聞いたとき、家政婦の宮園早苗がお茶を運んで入って来た。

地味な黒のスーツを来て、小学校の教師か、トラピストの修道尼を思わせるような中年女である。この家にもう二十年近くも働いていて、そのままオールドミスになったという女だった。

「その石狩悠一というのは、このお屋敷の裏に住むL大の大学生ですわ」

と、彼女は抹茶《まっちゃ》をいれた見事な明石《あかし》焼の茶碗を、二人の前に静かに置きながら言った。

「あの方は奥さまに、長唄と三味線を習いに来ていらっしゃるんですわ。昨日もそのおさらいの会が新橋の演舞場であるとかで、一緒にお出かけになったんです」

そう言われて竜宮寺警部は、さっき土蔵の明かり取りの窓からちらと見かけたポロシャツ姿の学生が、その石狩だったのかと思い当たった。警部は、早苗が窓のカーテンを閉めてから、そのまま引きさがろうとするのを見て、あわてて呼び止めた。

「あんたは、昨日はまる一日家にいたんだったっけね。すまないが、被害者やこの家の人たちの行動を、あんたの知ってる限りくわしく話してくれないか。そう、心霊実験の会のことはこちらの先生に伺ったから、その後のことでいいんだがね」

「そうでございますね」

と、早苗は戸口の前でふりむくと、戸惑ったような顔をして口を開いた。

「昨夜その会が終わりましたのは、八時頃でしたかしら。旦那様はすぐに土蔵内にお引き取りになったんでございます。旦那様は何ですか、近頃ひどく何かに怯《おび》えていらっしゃるようなごようすで、一日のうちほとんどは、書斎に引き籠《こも》っていらっしゃいますの。それといいますのも、半年ほど前からちょくちょくと、差し出し人の名前のない気味の悪い手紙が、舞い込むようになってからなんですけれど……」

「脅迫状だね。で、その内容はご主人から何も聞かなかったのかね?」

「はい。それについては何も存知ません。でも、実を申しますと昨日も、郵便受を見ましたらその手紙がまた参っておりましたの。そのせいか旦那様は、一日中ひどく苛立っておいでででした。そして八時半頃、暖炉に薪を運んでくれとおっしゃるもんで、それをお持ちした後、奥さまが石狩さんと連れ立って、おさらいの会からお帰りになったんでございます。

すると旦那様は、なぜか悠一さんだけを部屋にお呼びになって、小一時間ほど話し込んでおいででしたが、そのうち『お前のような卑劣な男は見たことがない』と、いつにない御立腹のごようすで、荒々しく怒鳴っていらっしゃるのが、たまたま土蔵の外を通りかかった私の耳にも聞えてきたのでございます。悠一さんはそれからまもなく、青い顔をして土蔵から出ていらっしゃると、それっきり奥様ともお会いにならずにお帰りになりました」

「そのとき、奥さんはどうしていたね？」

「御気分が悪いとおっしゃって、お部屋でお寝みになっていらっしゃいましたわ」

警部はそれらの事実を手帳に書きとめてから、

「そのほかに何か変ったことはなかったかね？」

と、先をうながした。

「さあ、変ったことって、別にありませんでしたけど……そうそう、そういえば諏訪部先生がいらっしゃるほんの少し前に、妙なことがありましたわ」

早苗はサロン前掛を手でもみながら、諏訪部弁護士の方をちらとぬすみ見た。

「裏庭で飼犬のアルマがあまり吠えるもんですから、泥棒でも入ったのかと思ってようすを見に出かけてみますと、ちょうど土蔵の窓の外の、旦那様がいつも陶器をお焼きになる窯のそばに、霊媒の女鹿田鶴子さんが、亡霊のように立っていらっしゃるのを見ましたんです」

「何、女鹿田鶴子が？　それでそのとき土蔵の中は、明かりがついていたかどうか気がつかなかったかね？」

「わたしが見たときは、ついておりました。けれど、母屋の方へ戻りがけに見ますと、突然フッと消えたんでございますわ」

早苗は昨夜の記憶と殺人とを結びつけて、新たな恐怖心に打たれたのか、緊張に頰を強張らせた。

そのとき不意に、ノックもしないであわただしく応接間に入って来たのは津沼刑事である。

「警部、ついに凶器が見つかりましたよ」

彼は興奮した口調でそう言うと、ハンケチで丁寧にくるんだ抜き身のままの短刀を、警部の前に差し出した。

竜宮寺警部が手に取って見ると、柄《つか》は粒の大きい鮫地の出目抜《だしめぬき》で、刀身は優美な直刃の逸品である。だが、その砥《と》ぎすまされた切先や刃には血脂《ちあぶら》がべっとりとこびりついていた。銘には吉光《よしみつ》とあった。

「これを、どこで見つけたんだね」

「窯のそばに落ちていたんですよ」

だが、その短刀を一目見るなり、早苗はみるみるさっと顔色を変えた。

「それは、いつも奥さまがペーパーナイフのかわりに使っていらっしゃるものですわ」

そして、そばから覗き込むようにしていた諏訪部弁護士も、思わず呻くような声を洩らしたのだった。

「その吉光ですよ。桐絵さんが三十八年前に喉を突いて自殺した際に使ったのは……」

6

津沼刑事の話によると、土蔵の窓から三メートルほど離れたところに小屋が立っていて、そこに野焼きの窯が築いてあるというのだ。粟田口藤四郎吉光の短刀は、その窯のそばにこれ見よがしに落ちていたというのである。

警部はすぐさまその窯の検索をすますと、さっそくその日の午後、凶器と思われる短刀を、書斎の暖炉に残った薪の灰とともに警察庁の科学警察研究所へ送った。灰の成分と切先にこびりついた血痕《けっこん》が、はたして惣輔の血液型と一致するかどうかを、確かめるためにである。その結果の報告は、事件以来三日目の朝、大学病院からの死体解剖検案書とともに捜査本部にもたらされた。

その日は、ちょうど惣輔の告別式の日に当たっていた。竜宮寺警部が焼香を了《お》えて門の受付に出て来ると、弔問客にまじって津沼刑事が待っていた。

「さすがは有名人だけあって、たいした花輪の数ですね。門から通りの向こうまで、ざっと五十ぐらいは並んでいますかね。自家用車も目白押しに停まっていますよ」

と、彼は感心したように言うと、

「鑑識の結果がすべてわかりましたよ」

と、警部の袖を引っぱるようにして表へ連れ出した。警部は乗って来たパトカーの車内へ彼を誘った。

「それでどうだったんだね」

と、警部にうながされて、津沼刑事は警察手帳を取り出した。それに要点がメモしてあるらしい。

「まず、解剖の方ですがね。死亡推定時間は、事件当夜の午後十時から十時半までのあいだということで、諏訪部弁護士が電話で被害者の断末魔の叫び声を聞いた時間と、ほぼ一致するようです。それからあの吉光の短刀ですが、調べてみると思った通り、被害者の傷口に二箇所とも、ぴったり一致することが判明しました」

「すると、血液型も被害者のものだったのかね?」

「ええ、両方とも同じAB型です。あの短刀で刺されたものであることは、もはや疑う余地はないと言っていいでしょうね」

「そうか。やっぱりあの短刀が凶器だったのか……」

童宮寺警部は憮然《ぶぜん》とした面持でうなずいてから、

「じゃあ、暖炉の灰の方は？」

と、しばしの沈黙の後に聞いた。

津沼刑事は、あわててまたメモ帳に目を落とした。

「その成分を化学分析した結果によると、問題の灰には、薪のほかに竹製品と紙製品のものが多量にふくまれていたらしいですよ」

「竹製品ね……それはあの横笛の燃えた部分だな。だが、それを聞いて私がいままで不審《ふしん》に思っていた点がやっと氷解したよ」

「といいますと？」

「冬の季節でもないのに、なぜ被害者が薪を燃したのか、それが不思議だったんだがね。して見ると、あれは暖房用ではなくて、何かの用紙を燃すために必要だったんだな。その用紙というのは、古い遺言状だったかもしれないし、あるいは家政婦の言っていた脅迫状かもしれないが……」

「そういえば、現場の土蔵内には、どこを捜しても、そんな脅迫状は見つからなかったですね」

警部はうなずくと、車の窓を開けて風を入れた。

同じ東京といっても、多摩川に近い郊外だけに、その辺は都心に較《くら》べて樹木が多く、どの家も燃えるような若葉に包まれている。殊《こと》にゆるやかな坂道に沿った蒔室家の門からの長いコンクリート塀の上には、八重桜がいまを盛りと咲き誇っていた。

その坂道を一人の若い男が、足早に登って来た。はでな女物のようなバルキーのセーターを着ている。その学生は急ぎ足に警部たちの車の前を通ると、古い冠木門《かぶきもん》の中に姿を消した。

「あれは、石狩悠一じゃないですか?」

と、津沼刑事が顔を憶えていて、目ざとく見つけると身を乗り出すようにした。

「これから焼香に行くところかな」

警部も独り言のように言った。

「警部さん」

と、津沼刑事は門内に姿を消した石狩悠一の後姿を見送るなり、目を光らせて言った。

「警部さんはどうして、石狩と遼子夫人の二人を、蒔室惣輔殺害容疑でいますぐにも捜査本部へ呼ばないんですか。夫人は遺言状があの晩書き換えられることを、知っていたというじゃありませんか。あの家ではっきりした殺人動機があるのは、彼女だけなんですよ」

「つまり君は、おさらいの会から帰った夫人が、短刀を石狩に手渡した。そして石狩は、惣輔に土蔵に呼ばれて行ったとき彼を刺し殺して、短刀だけ後で庭の窯《かまど》のそばに捨てたと言いたいんだな」

「ええ、僕は夫人と石狩のあいだには、不倫の関係があるような気がするんですがね。悠一が金欲しさに協力したということは、当然考えられると思うんです。惣輔が石狩を卑劣な男だと罵《ののし》ったというのも、そのことじゃないでしょうか」

「それにしても、遼子夫人というのは、驚くべき女だね。三十八年前には、惣輔を横奪りして桐絵に自殺させ、いまはまたいまで、若い恋人と夫に隠れていちゃついているなんて……」

警部はつい最前、焼香をすませた際に、祭壇のそばでつつましく坐っていた、喪服《もふく》姿の遼子夫人を思い返した。

今年五十五歳とはとても思えないほど皮膚の色は滑《なめ》らかで白く艶々していて、髪も四十代の女のように黒かったが、彼女の頬には涙の一滴《しずく》すら見当たらなかった。

そういえば、諏訪部弁護士が変事を知って駆けつけたときですら、妻でいながら自分の居間に引き籠ったまま、警視庁の係官が到着するまで姿を見せなかったというくらいである。

〈惣輔が陶器でつくったような女だ〉

と、竜宮寺警部は思った。

警部の脳裡には、昨日応接間で諏訪部弁護士から事情聴取した後、気分を悪くして寝こんでいるという遼子を訪ねたときの状況が重なって浮かんだ。うす暗い廊下を通って、彼女の部屋へ近づいた彼の前へ、とつぜん襖を開けて出てきたのが悠一だったのだ。

紅潮した頰を両手ではさみ、息をはずませていた。悠一は警部と視線が合うと、ドギマギしてあたふたと彼のそばをすり抜けていった。

警部は外から声をかけて襖を開けた。部屋には寝床がのべてあった。寝巻姿の遼子が横たわっていたが、いまそこで何が行なわれていたかは、容易に想像することができた。

遼子はとっさに身づくろいをして、寝巻の襟をかき合わせていた。年に似合わぬはでな色物を着ていて、おまけに青畳の上に脂粉の香が漂っていた。床の間に、古色蒼然たる雛祭の内裏雛《だいりびな》と三味線が飾ってあった。

「吉光の短刀のことで、いらっしゃったんでしょうけど……」

と、そのとき遼子は厳しい眼差しで警部を迎えた。

「おかしいですわね。数日前までは、あれは確かにこの部屋に置いてあって、わたしがペーパーナイフがわりに使ってましたのに、いつのまにか見えなくなっているんですから」

警部はその白々しい言い方に反発を感じたが、そのときはいちおう型通りのことを聞いただけで引き退ったのを憶えている。

怪しいといえば、津沼刑事に言われるまでもなく、今度の事件で容疑が一番濃厚な人物は、遼子以外には考えられなかった。

なるほど彼女のような女なら、莫大な財産を目当てに、悠一と謀って夫をも殺しかねないに違いない。

だが、そうはいうものの、警部は遼子を犯人と断定することに、何か割り切れないものがあったのだった。あまりにも容疑者としての道具立てが揃いすぎている点に、かえって何かとんでもない錯誤《さくご》を犯しているのではないかという、不安とこだわりを感じないではいられなかったのである。しかも事件現場を最初に見たとき直感的に感じた疑問が、いまだに頭の底にこびりついているせいもあるのだった。

〈あまり早まって餌に飛びつくと、その中には釣針が隠されている〉

竜宮寺警部は、その故事を思い出すと、若い津沼刑事のいきりたつ気持は汲みながらも、いつもの慎重な性格の彼にかえっていた。

まあ、そう焦るな、と宥《なだ》めるように津沼刑事の肩を叩くと、

「仮にあの二人が犯人だとしてもだ。例の密室の謎が依然として解けない以上は、われわれとしても軽々しく振舞うわけにはいかんのだよ」

「しかし、警部、それじゃ少し悠長すぎやしませんか。密室の謎は、犯人に自供させれば、それではっきりすることですよ。いまさらほかに何を捜査することがあるんです」

「二人のほかに調べなきゃいけないことは、まだあるさ。被害者の許へ頻々《ひんぴん》と舞い込んで来ていたという脅迫状の調査も必要だし、霊媒の女鹿田鶴子のあの夜の不審な行動だって、じゅうぶん怪しむに足ることだ」

だが、その女鹿田鶴子の名を口にしたとたん、警部はハッとあることに気づいたのだった。

〈あの晩、事件の起こった時間に窯のそばに立っていたという彼女は、もしかすると、犯人を見たのではないだろうか〉

警部はそう悟ると、急にじっとしてはいられなくなってきて、直ちにパトカーの運転手の警官に捜査本部へ戻るように命じた。

捜査本部のあるT署には、その女鹿田鶴子が喚問《かんもん》してあって、彼の帰るまで待たせてあったのである。

彼女は、宇奈根町の浄水場の近くのあばら家に住んでいるということだった。

殺風景な埃っぽい調べ室の中に、牡蠣《かき》のような白い目をむいた老婆が、背中をまるくしてポツンと坐っている光景は異様だった。惣輔と年の頃は同じぐらいだろうか。

「どうもわざわざお呼びたてして……」

と、警部は彼女の背中にわざと当たりの柔らかな口調で声をかけると、尋問用の机に向かい合って坐った。

「さっそくですが、お聞きしたいのは、あの晩あなたが何のために、土蔵の外の暗闇にたたずんでおられたかということなんです。家政婦の宮園早苗が、あなたをそこで見かけているんですがね。その点について説明してくれませんか」

「わしは、あすこにただ立っていましただけじゃ」

と、女鹿田鶴子は聞き取りにくいくぐもった声で、ブツブツとつぶやくようにして言った。

「美坂桐絵の霊が、あの夜土蔵内で殺人が起こることを、それとなく暗示してくれたんでな。わしは、その一部始終を監視するつもりでいましたのじゃ」

「すると、あなたは殺人の現場を目撃なさったわけですね」

警部はつい声を高めると、

「いや、目には見えなかったかもしれないが、あのとき土蔵の窓は開いていたのだから、その気配ぐらいは感じられたはずですよ。しかも、凶器の短刀は、あなたの立っていたすぐそばで、見つかっているんですからね。それを捨てた犯人も、当然あなたはご存知でなければならないはずだ。それは、いったい誰だったんですか？」

「女ですじゃ、土蔵の中には確かに女がおりましたよ。白粉《おしろい》の匂いがしたんだから間違いはない」

「すると、その女は惣輔さんを殺してから、土蔵を出て庭へ来たんですかね？」

遼子のことが頭をかすめて、警部は鋭く目を光らせたが、田鶴子は歯の抜けた汚い歯茎《はぐき》を見せると首をふった。

「いや、土蔵からは誰も出ては来ませんでしたよ。短刀は犯人が窓から、あの窯めがけて投げつけたんですじゃ」

「なにっ、投げつけた⁉」

思わず咽喉に唾がからまったとき、警部は田鶴子の手首から奇妙な音を聴いた。カサカサに干からびた指に、小さな可愛らしい金の鈴が糸で結《ゆわ》えてあって、それがリイン、リイン……と透き通るような音をたてているのである。

〈諏訪部弁護士が、あの晩電話口で聴いたという音は、この音だったんだな〉

警部は思わず目を凝らしたが、そのときその鈴の音にかぶせて、ふいに警察電話が鳴り出したので、あわてて受話器を取りあげた。

「こちらはK署の交通係のものですがね。たったいま落合の火葬場の付近で、交通事故があったんです。葬式帰りの乗用車が、西武線の踏切りで電車と衝突しましてね。乗客四人のうち、二人が即死したんですが、その二人の氏名がそちらの捜査本部に関係があるのではないかと思われるのでお知らせします。死亡者の名前は、蒔室遼子、それに石狩悠一……」

7

偶然の事故には違いなかったが、その報《しら》せを受けた竜宮寺警部は、脳天を思いきり殴りつけられたような衝撃を受けた。捜査本部の動揺は、もっと激しかった。無理もない。有力な容疑者として目星をつけていた人間が、一挙《いっきょ》に二人もこの世から消え去ってしまったのである。

せっかく、動機のセンから事件解決の糸口を掴《つか》みかけていたのに、これでは仮に二人の犯罪事実の裏付ができたとしても、そのときは既に犯人が死亡しているという、皮肉な現象が起こりかねないのだった。おかげで捜査は一頓挫を来して、漸《よう》く迷宮入りの色が濃くなってきた。

ただ一人竜宮寺警部だけが、黙々と調べ室に閉じ籠《こも》って、現場の図面を睨みながら懸命に推理と取り組みつづけた。その警部の許へ、津沼刑事がいきおい込んで聞き込みから帰ってきたのは、それからさらに三日たった四月十三日の夕暮のことであった。

「警部さん、あの霊媒ですがね。とんでもないことがわかりましたよ」

と、彼はくたびれたコートを脱ぐなり咳込んだ口調で言った。

「おおかた、あの婆さんがインチキ霊媒だってことを、どこかで聞き込んできたんだろう。そんなことなら、はじめから僕にはわかっていたよ」

「むろん、それもあるんですがね。報告したいのは、そんなことじゃないんです。あの霊媒の身許がわかったんですよ」

「身許だって？」

「ええ、実は区役所の戸籍係で戸籍の閲覧《えつらん》をやってきたんですが、警部さん、驚いちゃいけませんよ。女鹿田鶴子は美坂桐絵の実の姉だったんですよ」

「ほ、ほんとうかい。それは……」

「ええ、子供の時分に他家へ養女にやられていたため、それで桐絵は孤児のように思われていたんですが、そうじゃなかったんですよ。彼女はそれを隠して、半年ほど前に、惣輔が入っているある心霊研究会を通じて彼に近づいたんです」

「それじゃ、あの婆さんにも蒔室惣輔を恨む動機があったってわけか」

「そうなんですよ。しかも、それだけじゃありませんよ。あの脅迫状も、実は田鶴子の仕業だったんですからね？」

「それが、どうしてわかったんだね？」

「郵便局を調べたら、郵便物の遅配で、一通だけ未配達の脅迫状が残っていたんですよ。それと、この前警部さんが彼女を調べられたときの、参考人調書の署名と較べてみたんですが、鑑識課で改めて筆跡鑑定をやってもらったら、同一人物のものであることが歴然としましたよ。これが、その脅迫状ですがね」

津沼刑事が差し出したのは、二つに折った安っぽいハトロン紙の封筒だった。宛名の字は達筆だった。中の便箋を調べて見ると、三十八年前の美坂桐絵の自殺したときの模様がくわしく綴《つづ》ってあり、それはすべて惣輔の責任だという意味のことが、くどくどと書き記してあった。

「あの婆さんは、とんだ喰わせ者だったってわけですよ。事件当夜、土蔵の中にいた犯人は女だなんて言いやがって、それは自分のことだったんじゃないですか」

だが、竜宮寺警部は、それを聞くなり何を思ったか、はじかれたように椅子から立ち上がっていた。

「津沼君。これから、その婆さんの家を訪ねてみないか。しかし、その前にちょっと蒔室家へ寄ってほしいんだ。ぜひ確かめてみたいことがあるんだよ」

足許から火がついたようにせきたてられて、津沼刑事はあっけにとられながらも、いったん脱いだコートをふたたび着込むと、警部に従って捜査本部を後にした。

署から蒔室邸までは、車でほんの五分しかかからなかった。玄関で呼びりんを押すと、応対に出て来たのは家政婦の宮園早苗だった。

この四、五日のあいだに主人夫妻をいっぺんに喪《うしな》い、邸内に残るのはいまや彼女一人だけなので、文字通り火が消えたような寂しさである。その早苗も、早晩、諏訪部弁護士の手で屋敷が処分され次第、郷里の鳥取県へ帰ることになっていた。

「土蔵の中を、ぜひもう一度見たいんですが、かまいませんか」

竜宮寺警部が慇懃《いんぎん》な口調で言うと、早苗は黙って玄関からまっすぐに、二人を土蔵へ案内した。観音開きの土扉が、骨の軋《きし》むような音をたてる。警部の目はなぜか異常な熱っぽさを帯びていた。

二人は、ふたたび暗いジメジメした土蔵の中に立ったが、津沼刑事が驚いたのは、警部が何思ったか庭に面したあの鉄格子の窓と、床のジュウタンをなめるように入念に調べ出したことだった。

やがて手の埃をはらって身を起こした警部の顔は、かつて見なかったほどいきいきとかがやいていた。

「やっぱり、そうだったよ。この前の現場検証のときは、うっかり気づかなかったが、窓の下のジュウタンに、ポツンと点のような血痕が滲みついているんだよ。これは何を意味していると思うかね？」

警部はそう言うと、今度は津沼刑事の腕を引っぱって窓の外を指さした。

焼きかけの陶器や薪類が、うず高く積んである裏庭の窯場が、手をのばせばすぐ簡単に届きそうなほど間近に見える。

「あの霊媒の婆さんは、犯人が窓から短刀を投げたと言っただろう。しかし、いくら女でもここから投げれば、もっと遠くへ飛ぶはずなんだ。それなのに犯人は、なぜあんな間近な、しかもわざと人目につくようなところに、凶器を捨てたんだろうね」

と、警部は首をふりながら、その次に隣りの仕事場へ足を移したが、そこに雑然と置かれているロクロやヘラを見ると、彼は思わず、そうだったのかと吐き出すようにつぶやいた。その瞬間、警部の頭の中では、あの不可解な密室の謎が解けていたのである。

それから一時間後——二人を乗せた署のパトカーは、多摩川の堤防に近い女鹿田鶴子の家へ着いていた。

近所には、トタン屋根の家が数軒固まって建っていて、田鶴子の家は、そのあいだにはさまった、以前は煙草屋か駄菓子屋だったようなつくりのあばら屋だった。

「御免下さい」

と、津沼刑事が声をかけたが返事はなかった。二人は顔を見合わせると『虫封じの御祈禱《ごきとう》を致します』と貼紙のしてある煤《すす》けた硝子戸を押し開けた。

すると、奥の上り框《かまち》の障子が開いて、ひょっこり首を出したのは、十七、八のおさげの少女だった。着古した銘仙《めいせん》の着物に羽織を着た、ドキッとするほどの美しい顔立ちをしているのだが、その目つきは尋常ではなかった。その躰《からだ》から強烈な香水の匂いが漂っている。

「あんたは？」

と、警部がすかさず聞いた。

「女鹿田鶴子さんのお孫さんかね。それとも娘さんかね？」

「わたしは、桐絵というのよ……」

その少女は、歌でも歌うような高い声で答えた。

「お母さんなら、いないわよ。死んでしまったんですもの」

少女は頰にあどけない微笑をたたえると、クックッと笑いながら、これを見ろといわんばかりに両手を差し出した。

その手は生々しい血で染まっている。それを見たとたん、津沼刑事は物も言わずに、その少女を突きのけて奥に駆け込んだ。凄惨《せいさん》な情景が二人の目に焼きついた。

そこは窓一つない暗い六畳間ほどの部屋だった。奥にしめ縄を張って榊《さかき》をかざった白木の祭壇があり、天照大神宮と那須稲荷大明神と書いた掛け軸がかけてある。その前の破れ畳の上に、白衣に紫の袴をはいた巫女《みこ》のような姿の、女鹿田鶴子が仰向けに倒れていた。

顔面が鮮血にまみれて、その血が糸を引いて滴《したた》っている。そのかたわらに、祭壇の燭台が一つ落ちて転がっていた。その燭台の蠟燭《ろうそく》を点《とも》す釘の部分で、喉を刺されたらしいことは一目でわかった。

「君が、君が殺《や》ったのか！　お母さんを……」

警部は愕然《がくぜん》として、嚙みつくように言った。

すると、自分から桐絵と名乗った少女は、幼児のように素直にコックリとうなずいてみせた。

「そうよ、わたしが、この手で刺したのよ。だってお母さんは、蒔室さんの奥さんと石狩さんが交通事故で死んだと聞くと、今度は警察に行って、この前と同じように幽霊のかわりになって、犯人は宮園早苗だと言えって無理に脅かしたんですもの。わたしが嫌だって断ったら、それならひどいお仕置きをするぞって怒ったんですもの」

「じゃあ、蒔室の家で行なっていた心霊研究会は、いつも君が……」

「わたしがお母さんと暗闇の中で入れ替って、教えられた通りの言葉を喋っていただけよ。蒔室さんのおじさんが死んで、奥さんが殺人犯として捕まるまでは、ぜひそうしなければならないってお母さんが言ったんですもの。お母さんは、わたしと同じ名前の桐絵おばさまのために、あの家に一生かかって復讐しようとしていたのよ」

さも楽しいことでも話して聞かせるかのように、うっとりとした表情で言うその舌ったらずな言葉を聞いて、竜宮寺警部と津沼刑事はその場に立ちすくんだまま、得体の知れない恐怖が背筋を這いのぼって来るのを覚えずにはいられなかった。

津沼刑事はその彼女の腕を、いきなり乱暴に鷲摑《わしづか》みにした。

「君はいま、蒔室のおじさんが死んで、その奥さんが殺人犯として捕まるまではと、確かにそう言ったね、それはどういう意味なんだい！」

「どういう意味でもないわ」

桐絵は、さもおかしそうにもう一度くすくすと含み笑いをすると、彼の腕を振り切るようにして、祭壇のそばへ逃げた。そして祭壇の上の一本だけ灯っていた蠟燭の火を、フッと吹き消した。

やがて暗がりの中から、一言一言、節をつけて歌うような彼女の声が聞こえて来た。

「蒔室のおじさまはね。お母さんの出した脅迫状にすっかり怯えて、心霊実験のたびに桐絵おばさまの霊にすまないすまないって言い続けていたのよ。そのためにおじさまは、ただでさえ仲の悪かった奥さんを、この上もなく憎み出したのね。遼子おばさまさえいなければ、三十八年前にあんな悲劇は起こらなかったはずだと、そう思ったに違いないわ。

それに、おばさまはおじさまを裏切って、石狩さんとこっそり愛しあっている。その上おじさまは、持病《じびょう》の喘息がだんだん悪化するばかりで、余命があまりないことを知ってらしたわ。おじさまは、おばさまが死ねば全財産はおばさま一人のものになる。

そこでおじさまは、おばさまに復讐する手段として自殺を他殺に見せかけ、嫌疑《けんぎ》をおばさまにかけようと企んだのよ。あの晩おじさまは、心霊実験が終って土蔵に引き取ると、早苗さんに薪を持って来させて、まず暖炉に火を燃やしたんだわ。そして桐絵おばさまが死ぬ間際に吹いたという横笛を自分でも吹き、諏訪部弁護士が約束の時間に電話をかけてくるのを待って、あらかじめおばさまの部屋から持ち出しておいた吉光の短刀を、懐紙でくるんで我と我が腹を刺したのよ。

それからおじさまは、その傷を押さえながら窓のところに行って外へ短刀を投げ捨て、その後で、吉光の短刀の抜き身と同じ長さや幅に削った陶芸用の竹ベラで、胸を刺した。竹ベラと血のついた懐紙は、燃えさかる暖炉の中に投げ入れたのよ。あの横笛が半ば燃えていたのは、後で燃え残りの灰を調べたときに、竹の成分が見つかって怪しまれないように、それをカモフラージュするためだったんだわ」
十七、八の少女の口から出る言葉とはとても思えない、何かが乗り移ってでもいるかのような恐ろしい解明の言葉だった。
津沼刑事は思わず何か言おうとしたが、竜宮寺警部はその肩を叩いて無言でうながした。

その背後の土間にいつのまにか立っていたのは、諏訪部弁護士と秘書の蛯原慈子だった。

警部も驚いたが、諏訪部弁護士たちの方でも、予期しない場所で二人と鉢合わせしたことで面喰ったらしい。

「警部さんが、またどうしてここへ」

逆に聞かれて、諏訪部弁護士は鞄の中からこの前土蔵内の違い棚の引出しから見つけた、あの遺言状の封筒を取り出した。

「これを、昨日、故人の意志にしたがって、開封したんですがね。それによると、蒔室は実にとんでもない人間を遺産相続者に指定していたんですよ」

「というと、いったい誰に？」

「遺言状には、蒔室家の三十億円にのぼる全財産を、美坂桐絵の血のつながるものに残すと書いてあるんです」

だが、そのとき諏訪部弁護士は、奥の暗がりに幻のように立っている少女を一目見たとたん、手にした鞄を取り落として後ずさりしたのだった。その顔が恐怖に打ちひしがれて、瞳孔が一杯に見開かれて唇がわなわなと震えている。彼は夢を見ているかのように何度も目をこすった。

「何ということだ。似ている。あの娘の顔は、死んだ美坂桐絵の顔に瓜二つだ。信じられんことだ」

呆然とつぶやくそのそばを通りぬけて、竜宮寺警部と津沼刑事は、少女を殺人現行犯で連行するために表へ出た。彼女をパトカーに収容すると、二人はやりきれない気持をしずめるべく、車外に立って夜風にふかれた。パトカーからは桐絵の歌う、何とも悲しげな藤村の初恋の詩の歌声が聞えてきた。

まだあげ初めし前髪の
林檎のもとに見えしとき……

二人は思わず暗澹《あんたん》とした顔を見合わせた。

「警部さん、あの霊媒の娘が言ったことは、みな本当だったのでしょうか」

しばらくして津沼刑事が喘《あえ》ぐような声で聞いた。警部はうなずいた。

「僕の推理とあまりにもぴったりと一致しているんで、実は気持が悪かったくらいだよ。あの霊媒はやはりあの晩の出来事をすべて知っていて、娘に教えたんだね。だが、僕はわけがわからなくなって来た。あれで事件の謎はいちおう解決したわけだが、僕にはまだ何か解き得ないものが、残っているような気がしてならないんだ。

もしかしたら、今度の事件の真犯人は、美坂桐絵の霊魂だったんじゃないだろうか。彼女の霊が田鶴子をそそのかして、蒔室惣輔をあのような方法で自殺させたのとは、違うだろうかね。そして、姉の田鶴子が、あの晩よせばいいのに、土蔵の外に立っていたことで、事実が発覚しそうになったため、遼子夫人や石狩を急遽交通事故で死なせて、彼女の軽はずみなお節介の失敗を、罰したんじゃないだろうかってね」

二人は暗い多摩川べりの堤防の上の道へ出ていた。

見ると、もうすっかり黄昏《たそがれ》て夕霞の漂いはじめた人気のない川原に、烏が一羽おりて鳴いている。その烏の不気味な鳴き声は、死の使いでもあるかのような陰気な鳴き声だった。

ストリーカーが死んだ

山村美紗

山村美紗《やまむらみさ》（一九三四〜一九九六）

一九六七年、月刊誌「推理界」掲載の「目撃者御一報下さい」でデビュー。一九七四年、江戸川乱歩賞最終候補作の『マラッカの海に消えた』を刊行。『花の棺』ほかでの名探偵キャサリンの活躍を中心に、京都を舞台にした作品を多数発表する。一九八三年に『消えた相続人』で日本文芸大賞を、一九九二年に京都府文化賞功労賞と京都府あけぼの賞を受賞。ドラマ化作品多数。

1

「あ、ストリーキングだ」

誰かが叫んだ。

長い髪を風になびかせて、一人の若い女が、ハダカで、すごい勢いで走って行くのが見えた。豊かな乳房が、初夏の日ざしにきらりと光った。まさに、稲妻《ストリーク》のような早さだった。

六月上旬の日曜日の朝、小田急線成城学園前の近くの道路であった。

その時、舗道には、四、五人の通行人がいたが、一様にあっけにとられ、立ち停って見守っていた。

その中に、たまたま、成城警察署に出勤途上の千種《ちぐさ》刑事がいた。

彼は、とっさに上衣を脱ぐと、それを抱えて走った。こんな場合、捕まえて風呂敷をかぶせることになっているが、もちろん、風呂敷など持っていなかった。

ストリーキングは、捕まると七万円から一万円の罰金である。職業意識もあったかも知れないが、それよりも、若い女がハダカで衆目にさらされているということが、独身の千種刑事には耐えられなかった。

その時、ガクンと、急に、ハダカの女のスピードが落ちた。

二、三歩、よろよろよろとしたと思うと、苦しそうに弓なりに体を曲げ、もがくようにに手を振りあげたとみるうちに、ばったりと前のめりになって路上に崩れ落ちてしまった。

ニヤニヤ笑いながら見ていた人々も、事態の急変にあわてて駈け寄り、そのうちの一人が抱き起こした。

「死んでる！」

彼女の顔をあおむかせた中年の男が、おびえたように言って手を離すと、みんなはっとしたように、思わず後ずさりした。

誰の目にも異常なのがわかった。

千種刑事は、緊張に顔を蒼ざめさせながら、女の体に上衣をかけると、女の顔をもちあげた。その時、死んだと思った女が、かすかに口を動かした。

「えっ？　どうしたんですか？」

千種が、口に耳を寄せると、

「デンワ、デンワボックスニ……」

と、かすかにつぶやいて、前方を指すような恰好をしたが、こんどこそがっくりと肩を落すと、完全に動かなくなった。

口もとから、かすかにアーモンド臭がした。

「心臓マヒかしら」

女が走っていたとき、顔をしかめて眺めていた中年の主婦が、恐る恐る近よってつぶやいた。しかし、千種は、職業柄、青酸カリがアーモンド臭のすることを知っていた。

「とにかく、みなさん、ここを動かないで下さい」

千種は、きっぱりとした口調で言うと、電話ボックスに走った。所轄署に電話すると同時に、彼女の最後の言葉を思い出して、電話ボックスの内《うち》をすばやく見廻したが、別に異常はなかった。

五分してパトカーが来た時には、死体のまわりは、黒山の人だかりがしていた。

警察の車が死体を運んで行ったあと、千種は、周囲の人々から聞きこみをはじめた。

「彼女が、どこから走り出して来たかわかりませんか?」

誰もとび出したところを見たものはいないようだった。

千種は、道の両側をじっくりと見まわした。彼女の走って来た道の両側には、ずらりと前の晩から車が駐車してあった。その車の蔭からでもとび出したのだろうか。

「誰か、この人を知りませんか?」

千種がたずねたが、知っている人はいなかった。

このような大都会では、マンションの隣室の人のことも知らない場合が多いから仕方がなかった。

千種は煙草をくわえ、ついさっき見た彼女の裸身を思い浮かべた。

年は二十歳前後、特にきわだった美人というわけではないが、みずみずしく張りつめた色白の肌、ふっくらとした頰から喉へかけて産毛《うぶげ》が光って、目をつぶった死顔は、意外なほど幼かった。

千種は、ストリーキングを見たのははじめてだが、すでにおきたいくつかのストリーキングについては新聞記事を読んでいた。

その知識によれば多分彼女はＯＬか女子大生だろう。家庭を持った婦人とは、まず考えられない。

（ストリーカーの死……）

と、つぶやいてから、突然千種は、一つの疑問にぶつかった。

今日見たのが、果してストリーキングだったのだろうか、という疑問である。

今まで、ストリーキングをするくらいの女性だから、失恋か、何かに抗議するために、人目をひくような方法で、服毒自殺したのだと思っていたが、ひょっとすると、他殺ということもあり得るのだ、と気がついたからだ。

もし他殺ならば、ストリーキングに見せかけた殺人事件ということになる。

千種は、急いで署にかけつけた。

成城署につくと、同僚の刑事たちは、他殺、自殺の二つの可能性について議論しているところだった。

死体は、すでに解剖にまわされている。

「でも、今度の場合、他殺と考えるのはちょっと無理じゃないか。どうやって、あんな若い娘にハダカで街を走らせるんだ？　殺すと脅してもやらないと思うね」

と、ベテランの鈴木刑事が首をひねりながら言った。谷刑事がすぐうなずいた。

「そうだな。無理に後からナイフを突きつけて追いかけたとしても、普通の娘だったら恥ずかしくてハダカでは外へ走れないと思うし、途中で人に会ったらしゃがみ込むか、助けを求めるかしたはずだ」

「薬は、青酸カリだと思うが、いつ飲んだんだろう？　青酸なら即効性だからそんなに走れないと思うが」

「カプセルに入れて飲めば、時間は自由に調節できるよ」

「青酸死だとしたら、なぜ走ったんだろうか。苦しくてめちゃくちゃに走ったんだろうか」

「いや、青酸カリの苦しさじゃあれだけ走れない。苦しくなったのは、倒れる寸前のように見えたがね」

と、千種が口をはさんだ。

「彼女、死ぬ前に何か言い残したそうじゃないか?」

鈴木刑事が千種にきいた。

「たしか、『デンワ、デンワボックスニ……』といったように思うんだ。ちょうど、彼女の走っていく先に、電話ボックスがあったので、事件を知らせたとき調べてみたが、別にかわったことはなかった」

「『デンワ、デンワボックスニ……』といったんだな?」

「ああ、『デンワ』だけだったら、犯人の名前とか、関西弁で、出ないという意味だとか、いろいろにとれるが、デンワボックスと苦しい息の下からはっきり言ったんだから、間違いないと思う。僕には、電話ボックスの方へ行ってほしいという必死のねがいに聞こえたんだ」

「誰かに電話してほしいという意味だったかもしれないし、電話ボックスのところに、誰かが待っている、という意味だったかも知れないぞ」

「とにかく、早く身元がわかってほしいな」

それが結論のように谷刑事が言った。

2

翌日の朝、成城署へ六十歳くらいの老人と、三十歳前後の若い男が血相を変えて駈け込んで来た。

応対に出た千種刑事に、昨日のストリーカーの女性に心当りがあると言う。

千種の眼が輝いた。

「誰なんですか？」

「私の娘の彩子《さいこ》じゃないかと思うんですが。森彩子です」

と、老人は言い、名刺を差し出した。

名刺には「森藤太郎」の名前と、名古屋の自動車部品会社の社長の肩書が刷ってあった。

「本当にお嬢さんですか？」

「娘の住んでいたマンションの管理人が、今日現場に居あわせた人に偶然きいてきて、娘さんじゃないかと知らせてくれたのです。あわてて新聞を見たのですが、唇の下にある大きなホクロも、身体の特徴も娘のものとぴったり一致しています」

老人がしゃべっている間、横にいた娘の婚約者だという若い男も、暗い顔でうなずいていた。彼の名前は、香田《こうだ》和彦といい、整った服装が身についていて育ちのいい若者という感じがした。

千種は、二人を解剖の行われた東大病院へ連れていった。

死体を見た老人と香田は、間ちがいないと叫び、香田は、がっくりと肩を落した。

「とにかく、事情を伺いましょう」

千種は、二人を病院のそばの喫茶店に誘った。

老人の話によると、娘の森彩子は、大学三年生の二十歳で、現場から三十分ほど離れたマンション、「青葉レジデンス」に、一年前から一人で生活していた。

しかし、最近になって、休みになっても郷里へ帰らず、どうやら妻子ある男性と深い関係に入っているらしいので、老人は、婚約者の香田と、昨日（日曜日）の朝、上京して来たというのだ。

「娘さんにお会いになったのですか」

と、千種がきいた。

「上京する時間は言ってあったのですが、駅までむかえに出てはくれませんでした。それで、昨日、朝の十時半ごろ、青葉レジデンスの前で、娘に行っていいかと電話したら……」

老人は、言葉を切った。

「なぜ、直接部屋をたずねないで、マンションの前で電話をしたのですか？」

「娘は、前から自分をマンションに訪ねてくる時は、あらかじめ電話をかけてからでなければ絶対イヤだと言っていたのです」

「娘さんは、出たんですか？」

「ええ、すぐ電話に出ました。でも、三十分くらいしたら外の喫茶店で会うから待ってくれと言ったので、エレベーターのところで待っていたのですが、いつまでたっても出て来ませんでした。それで、一時間も待ってから不審に思って部屋へ行ったのですが、応答がないので管理人に言って開けてもらったらいなかったのです」

「ちょっと待って下さいよ」

千種は、相手の言葉をさえぎった。森彩子がストリーキングして死んだのは、たしか午前十一時前後だったはずである。

「確かに、あなた方は、十時三十分に電話して、一時間エレベーターのところで待っていたんですね。その間に、あなた方に見られずにお嬢さんは階段かなにかを使って外へ出たんじゃありませんか」

千種の質問に、婚約者の香田は、真剣な目つきですぐに言った。

「いや、そういうことはありません。階段は、エレベーターと同じ場所に一箇所あるだけで、私がエレベーターといっしょに一時間じっと動かずに見ていたのです」

老人もあとを引きとって言った。

「非常階段は修理中で、管理人や職人の人たちがいましたし、私がもう一つのエレベーターのところで見ていましたから、どうして私達の目にふれないで外へ出たのか……」

「しかし、お嬢さんは、午前十一時には、ハダカで死んでいたんですよ。マンションから歩いて三十分のところで」

「それが、私どもにはどうしてもわからないのです」

老人が、首をふった。

「すると、お嬢さんは、電話のあとレジデンスから消え失せたことになりますね」

「そうなりますね」

「念を押しますが、あなたたちは、一時間の間、エレベーターのところから動きませんでしたか？」

「絶対に動いていません」

二人は、異口同音《いくどうおん》に答えた。

千種の顔がむずかしくなった。一体これはどういうことなのか。

3

千種は、しばらく考えてから、きいた。

「お嬢さんは、なぜ、いつもマンションに訪ねて来る前に電話してからにしてくれと言ったんですか」

香田は黙っていたが、老人の方が、香田の顔をちらっと見て、「正直にいいましょう」と重い口を開いた。

「さっきも申し上げたように、娘は、妻子ある男性とつきあっていたようなのです。最近は休暇になっても名古屋に帰ってこず、とうとう心配して昨日見に来たわけなのです」

「じゃ、部屋にその男の人がいたわけですか。予告なく訪ねて来ると困るといっていたのは」

「そうだと思います」

香田は耐えきれないように唇をかんだ。

「それは、なんという男ですか？」

「それが、心あたりが二人あるうち、どちらかよくわからないのです。昨日、電話のあと、マンションから出て来るところをつかまえて、娘と別れてくれるようにたのむつもりで、入口で待っていたのですが、男の方も出て来ないのです」

「二人の男の名前を教えてもらえませんか？」

「一人はカメラマンで本郷ジュンといい、もう一人は画家で、江木新というのです」

香田が怒りをぶっつけるような声で言った。千種は、それを手帳に書きとめた。もちろん、まだ殺人事件ときまったわけではないから、容疑者というわけではない。

「お嬢さんは、ストリーキングをするような性格に見えましたか？」

「とんでもない」

と、老人は言下に否定した。香田もうなずいた。

一旦、病院にもどると、医師が解剖の結果を知らせてくれた。死因はやはり、青酸性毒物による中毒死で、胃の中から青酸カリが検出され唾液の中などからは殆《ほとん》ど認められなかった。

「つまり、青酸カリの粉末を、直接ジュースなどに溶かして嚥下《えんか》した場合は、唾液の中や、喉、食道からも検出されるはずですから、この場合、カプセルを嚥下し、胃の中で溶けたと見ていいでしょう」

と、医師はつけ加えた。

千種は、その言葉で殺人の疑いの濃くなったのを感じた。

青酸カリによる自殺の場合は、わざわざカプセルに入れるようなことは少なく、ジュースやビールに入れて飲むことが多いからである。

成城署に電話連絡したあと、千種は、改まった眼で老人と香田を見た。

「お嬢さんのいたマンションに案内してくれませんか。他殺の疑いが濃くなったのです」

千種たち三人は、青葉レジデンスに向かった。青葉レジデンスは、八階だてのいかにも若い女の好みそうなシャレたベランダのついたつくりである。

老人と香田が言ったように、高い塀をめぐらした構造は、門が大通りに面して一つしかなく、建物にエレベーターが二つと階段が一つある。

千種たちは、管理人にたのんで五階の彼女の部屋をあけてもらった。

部屋はきちんと整理され、普段着ていたセーターとスカート、そしてスリップなどが、隅っこの方に畳んでおかれていた。

そして、机の上には、メモ用紙に書き置きが残されていた。

お父さま、和彦さん、ごめんなさい。びっくりなさると思いますが、どうかわたしの思うようにさせて下さい。さようなら。彩子

4

千種は、手袋をはめた手で、そのメモを摑み、老人と香田に見せた。

「お嬢さんの筆蹟ですか？」

「そうです。間違いありません」

「昨日、一時間待ったあと、この部屋に入らなかったのですか？」

「管理人さんに開けていただいて、入口からちらちらと中をのぞいたが娘がいないので、すぐ探しに出かけてしまったので、机の上のメモには気づきませんでした」

「僕もです」

と、香田も老人の言葉を裏がきした。

千種は、黙ってメモに目をやった。このメモの文句をどう解釈したらいいのだろう。思うようにさせてくれというのは、どういうことなのか。二人の妻子ある男のどちらかといっしょになりたいということなのか、ストリーキングするということなのだろうか。

また、このメモを書いた時間も問題になる。常識的に考えれば、老人と香田が電話で呼び出したあと、このメモを書いて、どういう方法かでこのマンションから消え失せ、歩いて三十分の現場にハダカで現われたことになる。

香田は、じっと下をむいている。婚約者としたら、無理もないだろう。

千種が念のため、ドアのところにいる管理人にメモを見せると、昨日午前十一時半に、二人のために部屋をあけたとき、机の上にそれらしいものが載っているのを見たと証言した。千種は、メモと、引き出しの中にあった大学ノートを持って成城署へ戻った。

成城署には、他殺とみてすでに捜査本部が置かれていたが、千種が持ち帰ったメモが刑事たちの間に混乱をひきおこした。このメモを遺書と考えれば、彼女の死は自殺になるからである。

婚約者がいるのに、妻子ある男性と苦しい恋に陥り、悩んでいるところへ、父親と、当の婚約者が上京して来たのでせっぱつまり、青酸カリ自殺したのではないかとも考えられるからである。

しかし、反対意見もないではなかった。

自殺するのに、なぜストリーキングをやったかという疑問は残るし、メモが遺書とすれば、その場で死ぬのが普通ではないか。それに、もう一つの疑問は、二人の監視しているマンションからどうやって抜け出したかということである。

塀の高さは約二メートルで、女性に乗り越えられる高さではないし、いつも人目がある。

千種は、問題の二人の男に会う必要を感じた。

本郷ジュンは、三十五歳で、最近売れ出してきた婦人科のカメラマンであった。

千種が、そのスタジオを訪ねて気がついたのは、彩子の住んでいた青葉レジデンスから歩いて十分という近さにあることだった。

さらに言えば、ストリーキングで彼女が死んだ現場からも歩いて二十分ぐらいの距離である。もっとわかりやすくいえば、青葉レジデンスと現場とのほぼ中間に、本郷のスタジオがあるということである。

そのことを頭に入れながら、千種は、スタジオのベルを鳴らした。

本郷は、いかにも新進カメラマンらしい派手なカラーシャツを着た男で、如才なく千種を中へ通した。

「森彩子さんが、奇妙な死に方をしたのは、ご存知でしょうね」

「もちろん知ってます。驚きましたよ」

「彼女とのご関係は？」

「ある週刊誌に頼まれて、新鮮なモデルを探していたとき、街角で声をかけたのがはじまりで、二、三回モデルに使ったことがあります」

「失礼ですが、ヌードでお撮りになったんですか？」

「いや、彼女は、今の若い女にしては、意外に恥ずかしがりやでしてね。ヌードは撮らせませんでしたよ」

千種は、その言葉を額面通りには受け取らなかった。本郷が、どんな女でも脱がしてみせると話していたのを、週刊誌で読んだことがあるからだ。

「昨日の午前十時半から十一時の間、どこにおられましたか？」

「それが妙な具合でしてね。朝十時すぎに電話がかかって来て、女のストリーキングがあるから写したらどうかと言って場所を教えてくれたのです。男の声で、なにか作ったような声でしたね」

「それで、現場に行かれたわけですか？」

「嘘だろうと思ったんですが、車で一応行ってみました。もし本当に、女のストリーキングだったら是非撮ってみたいですからね」

「で、写真は撮ったんですか？」

「ええ」

「その時、彼女と気がつきませんでしたか？」

「最初気がつかなかったんですが、望遠レンズをのぞいているうちに、彼女みたいな気がしたんです。でも、到底信じられませんでした」

「その写真を見せてくれませんか？」

千種が頼むと、本郷は、気軽く焼きつけした数枚の写真を持って来て見せてくれた。

たしかに、あの女の写真だった。うしろ姿で走っていく彼女の裸身と、それを見守っている通行人のぽかんとした表情がユーモラスに撮れていた。が、一番最後の写真には、彩子の倒れる瞬間が写っていた。

「写真を撮っている時、あやしい人間を見かけませんでしたか？」

「いいえ。こちらは撮るのに夢中でしたから」

「彼女が、どこからとび出したかもわかりませんか？」

「わたしの車のうしろの方からとび出して来たので見当がつきません」

「もう一つ伺いますが、江木新という画家をご存知ですか？」

「ええ、知ってますよ。彼女と親しくて、僕から見ると、彼女を弄《もてあそ》んでるように見えましたね」

「あなたは、どうなんですか？」

千種がきくと、本郷の顔に軽い狼狽《ろうばい》の色が走った。

「いや、僕とは何でもありませんでしたよ」

本郷は、ことさら語気を強めていった。

5

江木新とは、彼のアトリエで会った。マンションの一室を改造した部屋で、面白いことに、このアトリエも、青葉レジデンスから十分くらいのところにあった。ただ、本郷のスタジオが、閑静な住宅街にあるのに比べて、こちらのマンションは反対方向の繁華街にあった。

「僕は、都会の騒音の中で絵を描くのが好きでしてね」

と、江木は、千種に笑いかけた。

もちろん、江木は彼女の死んだことを知っていた。

二十畳ぐらいのアトリエに、描きあげたカンバスがいくつかあったが、その中に彼女の、森彩子の肖像画もまじっていた。

「彩子さんのお父さんと、婚約者の香田さんが上京していることは御存知ですか?」

「ええ。実はきのう、彼女のお父さんから電話があってききました。彼女のことをきかれたけど、あの日は会ってなかったので、わからないと答えましたよ」

江木は、テーブルの上にのっている受話器をあごで示した。

「その電話のあったのは何時ごろですか?」

「朝の十時半です。お疑いでしたら、森さんに確かめられたらどうですか」

千種は、ちょっと考えてから、テーブルの上の受話器をとって、ホテルRに泊っている藤太郎をよび出した。

「昨日、江木さんに、朝十時半ごろ電話しましたか？　ええと、電話番号は四一六の××五五番ですが……」

千種は、その場で、電話のナンバーを相手に言った。老人の声が戻って来た。

「ええ、かけましたよ。江木さんはすぐ出てくれました。娘にかけたすぐあとだから、たしか十時半ごろかと思います」

「本郷ジュンさんの方にもかけましたか？」

「ええ。娘がどちらの男といるのかと思って、両方にかけて見たんです。でも、本郷さんの方は留守でした。それで、娘は、本郷さんといっしょにいるのかと思ったんですが」

「なぜそう思ったんですか？」

「娘の電話口での応答が、なんとなくおかしくて、その部屋に男がいると感じたのです。上京することは前もって言ってあったので、その日ぐらいは、娘に一人でいてほしかったのですが」

千種は、電話を切り、江木に礼を言って外へ出ると、ストリーキングの現場を通って署へもどった。

ちょうど、筆蹟鑑定の結果が出ていて、メモの字は、森彩子のものに間違いないということだった。しかし、千種は、他殺の考えを捨てきれなかった。他殺の場合、一番問題になるのは、被害者の彼女が、どうやって青葉レジデンスから抜け出し、ストリーキングで殺されたかということだ。

犯人が、彼女といっしょに部屋にいたとしたら、彼女ばかりでなく、犯人もどうやって青葉レジデンスから抜け出したのだろうか。

変装したとしても、実の父親と婚約者の目をだますことはまず無理だろうし、まして、彼女はハダカだったのだ。部屋を出るときは、コートかなにかをはおっていたのだとしても、それを何処で脱ぎ捨てたのか、附近を探したところでは今までにそのような衣類は発見されていない。

千種は、もう一度、森藤太郎と、婚約者の香田和彦に会う必要を感じた。

6

新宿のホテルRにいた二人は、ちょうど、新聞記者たちの取材攻撃からやっと解放されたところで、疲れ切った表情をしていた。

殺人事件の被害者ということ以外の興味をもって被害者をみつめていることが、父親や婚約者には耐えられなかったのだろう。

千種は、その気持を推し測って、なるべく丁寧に、

「ご迷惑でしょうが、もう一度、事件当日のことをおききしたいのです」

と、老人に話しかけた。

「お二人で、マンションのエレベーターのところで、お嬢さんをお待ちになっていたということですが、そうなると、あのマンションは、一種の密室になってしまうのです。娘さんが消えた方法がわからない。本当にお二人ともエレベーターのところから動かなかったのですね」

「そうです。くわしく言うと……」

と、老人は、ちらっと香田の方を見て言った。

「ごらんのように、建物にはエレベーターが二つあるので、私どもは五階まで上って、私と香田君とに分れて、それぞれのエレベーターの前で見張っていたのです。建物は、コの字形になっていてエレベーターのあるのが、両はしの折れまがったところだし、娘の部屋は中央で見とおせませんでしたが、降りるときは、どちらからか降りるはずです。私どもは二人とも、その場を離れていません」

「事実ですか?」

と、千種は、香田の顔を見た。

「森さんのおっしゃった通りです。僕は、階段の横のエレベーターの方へ廻っていました。一時間のあいだ、一歩も離れていません。一時間たってから、森さんといっしょになって、彼女の部屋へ行ったのです」

香田は、誓うように言ったが、千種は、密室トリックの一角が崩れたような気がした。

香田は、死んだ森彩子の婚約者である。それに、老人は、彼女の部屋に電話したとき、部屋に男のいるような気配がしたといっている。香田が、五階のエレベーターのところへ行ってから、彼女の出てくるのを待ちきれなくて、彼女の部屋へ入っていったことは、充分に考えられた。

そして、香田が、あの部屋を開けたとき、彩子が男といっしょにいたのではないか。

当然、香田は難詰する。この場合、そこにいた男は、江木新でなく、カメラマンの本郷ジュンであろう。なぜならば、あの時刻にこの二人に老人が電話して、江木の方はアトリエにいたけれども、本郷は電話に出なかったというからだ。本郷は、妻子があるし、社会的にも今売り出し中の新進カメラマンである。彼は、当然香田に踏み込まれて狼狽したであろうし、彩子は、婚約者に対する申しわけなさで、なんでもするから許してほしいと香田に頼んだとしてもおかしくはない。

若い香田は、逆上してハダカで走ってみろ、と、難題を彩子にふっかけたのかも知れない。そのとき、彼女がハダカに近い恰好で本郷といたとすれば、香田がそんなことばを口にしたとしても肯《うなず》けるのだ。

彩子の方も、行きがかり上、ひくに引けず、ストリーキングをしてしまったのではあるまいか。

問題は、なぜあんな場所で、それもそのあと毒死したかだが、彼女は、妻子ある男性との恋に絶望的になっていて、いつもカプセルに入れた毒を持ち歩いていたのかも知れない。

ストリーキングするとき、彼女は、ひょっとすると、本郷がとめてくれることにかけたのかも知れない。だが、本郷はとめなかった。だから、よけい絶望感が深まって死を選んだ、とも考えられる。

とすると、今度のストリーカーの死は、男への抗議の死ともいえないことはない。

この推理があたっていれば、森彩子を死に追いやった直接の原因は、香田和彦の発言であり、遠因は、彼女を弄んだ本郷ジュンのつめたい仕打ちということになる。

本郷は、彼女がハダカでとび出すのを、止めなかったばかりか、それを写真にとって、仕事のネタにしようとさえしたのだから。

もちろん、千種は、これが、あくまでも推理であることを知っている。

「君は、もっと他になにかかくしているんじゃないか」

千種の言葉に、香田の顔が赧《あか》くなった。

「一体なにをかくしているというんです？」

「君は、五階のエレベーターのところで待っていたんじゃない。彼女の部屋へ押しかけた。そこで男といっしょにいる彼女を見て逆上した。ちがうかね」

「そんなばかな！」

香田の声が大きくなった。

香田が本当に知らないのか、狼狽をかくすために大きな声を出したのかはわからない。もし、千種の推理があたっていれば、本郷ジュンも嘘をついていたことになる。

今度は、本郷をもう一度しめ上げてみる気になった。

しかし、本郷ジュンは、ＣＭの仕事で、さきほど沖縄に出かけてしまい、しばらくは帰らないということだった。そのため調べは、帰京後にまわさざるを得なかった。

その夜遅く、一つのニュースが捜査本部に舞いこんだ。

香田和彦が、青葉レジデンスの庭で、死体となって発見されたのである。

7

千種たち成城署の刑事は、現場に急行した。午後十時半だった。

死体のまわりには、青葉レジデンスの住人たちが、五、六人集まり、駐在の巡査が、死体の監視にあたっていた。

死体は、全身打撲で、一見して高所から墜落したものと思われた。しかも、死体のある場所から上を見上げると、ちょうどその真上に、問題の、森彩子の部屋505号室があった。

その部屋の窓だけが開いており、部屋のあかりがついていた。

千種と同僚の刑事は、五階505号室へ駈け上った。

室内は、別に荒された様子もなかったが、窓際の絨毯に、砂が少し散っているのが、千種刑事の注意をひいた。発見された香田の死体の顔や胸には、同じような砂が附着していたからである。しかし、死体のあったところは、レジデンスの増築工事現場の砂があった場所なので、墜落したときその砂につっ込んでついたものと思われていたが、この室内で、同じ砂が発見されたとなると問題だった。犯人に砂の目つぶしをくって、墜落する前すでに、顔に附着していたとも考えられるからである。

千種は、室内で集めた砂を、早速鑑識にまわした。もちろん、鑑識は、その他、室内の指紋などについても検出を急いだ。

千種は、厳しい表情になっていた。

香田の死を聞いた瞬間は、てっきり自殺と思った。

しかし、現場の様子から見て、香田が、何者かに殺されたことは、十中八九間違いない。とすると、今までに千種が考えていたことは、根本からくつがえってしまうのだ。

しかも、香田が殺されたとなると、彼が、事件当日、彩子の部屋に入って彼女と本郷に会ったという考えもあやしくなってくる。

香田の言葉が、事実だったという可能性が強くなったわけだし、もし事実なら、また、密室の壁にぶつかってしまうのだ。

千種は、もう一度、マンションの構造を見廻した。

エレベーターは、たしかに二つだけで、その横に階段がついている。五階のこの部屋から老人と香田の目をかすめて、このマンションの外へ出るのは、まず不可能だ。窓からロープで庭へ出たことも考えられるが、窓からロープを垂らした痕跡はなかった。

密室の謎が解けないままに、千種は新宿のホテルRに電話して森藤太郎を呼び出した。

香田が死んだことを告げると、老人は、よほど驚いたらしく、電話口で一瞬絶句した。

「なぜ、香田さんが、このマンションに来られたか、その理由をご存知ですか？」

「それが妙な話なんですが……」

老人は、小声で言った。

「妙な……と言いますと？」

「未だに信じられないんですが、香田君が夕食の時、こんなことを言ったんです。彼は、彩子が死んだあとも忘れられなくて、何気なくマンションの電話番号を廻してしまった。すると、締切ってあるはずの部屋で、誰かが受話器をとったというんです」

「本当ですか？　ナンバーを間違えたんじゃないですか？」

「私もそう言ったんですが、香田君は、何回もかけ直したから間違いないと言いはるのです。相手は、受話器をとっても黙っていると言っていました。怪談めいた話なので、娘の死でノイローゼになったのかと心配したんですが、香田君は、あの部屋に誰かがいると言いはって出かけて行ったのです。その時、部屋のカギを渡しました」

「他に、部屋のカギを持っている人はいますか？」

「カギは、娘が死んだあと私が持っていました」

「香田さんは、他に何か言っていませんでしたか？」

「さっきの妙な電話のことですが、香田君は、鳩時計の音も聞こえたと言っていました。香田君が、一年ほど前に、娘にプレゼントしたもので、娘はいつも電話のそばにおいていました。だからよけい香田君は、間違い電話のはずがないと言っていたのだと思います」

老人の言葉で、千種は、受話器の周囲を見廻したが、鳩時計はなかった。

「鳩時計は、ありませんが？」

「娘が亡くなったあと、荷物は殆ど名古屋の家に送りました。鳩時計も、その時送ったのです。その音が聞こえたというのですから、よけいノイローゼじゃないかと思ったのです。彼も、鳩時計を送り返したのは知っていたはずですから」

「その他には？」

「香田君は、出かける時、そちらへ九時ごろ着くはずだから、九時半ごろ電話してみてくれ、と言い残して行きました。それで、私は、九時半に電話したのですが、誰も出ませんでした」

「九時半は確かですか？」

「ええ。時計を見てかけたのですから間違いありません」

千種は、受話器を置いてから考えこんでしまった。

老人が、嘘をついているとは思えなかった。しかし、主のいなくなった室に電話して、誰かが受話器をとり、ないはずの鳩時計が鳴っていたというのは、一体、どういうことなのか。しかも、この部屋のカギは、二つとも老人が持っている。すると、受話器を取った人間は、どうやってこの部屋に入ったのか。入ったとしたら、一体、何のためになのか。それとも、老人の言うように、香田がノイローゼにかかっていたのか。

千種は、管理人を呼んで、部屋のカギのことを聞いた。千種は、ひょっとすると、受話器をとったのは、マスターキーを持っている管理人ではないかと思ったのだが、実直そうな中年の管理人は、絶対に部屋に入ったことはないと言い、このマンションのカギは、合カギも作れないようになっていると、つけ加えた。

千種は、ますます混乱してくるのを感じた。

8

翌日の午後一時すぎに、香田和彦の解剖結果が、捜査本部に報告された。

死因は、墜落による全身打撲と、脳内出血、死亡推定時刻は、昨日の午後十時から十時半まで。

また、科研からの報告によると、505号室の絨毯の上に散らばっていた砂と、被害者の顔と胸に附着していた砂とは、同一成分のものであり、増築工場現場の砂と一致した。

これで、他殺である可能性が多くなった。多分、犯人は、あの部屋で、いきなり香田に砂を浴びせ、眼のくらんだところを窓からつき落したのであろう。

千種は、他殺の確定には別に驚かなかったが、死亡推定時刻に、考え込んでしまった。

森老人は、はっきりと、九時半に、あの部屋に電話したと言ったはずである。その時刻には香田はまだ生きていたはずなのに、なぜ、受話器を取らなかったのだろう。

犯人が、なぜ、香田を殺したのかもわからない。

とにかく妙なことの多い事件である。

千種は考えあぐねた末、もう一度、現場である青葉レジデンスへ出掛けた。

505号室のドアは、殺された香田のポケットに入っていたキーであけた。

調度品が、殆ど運び去られてしまったがらんとした部屋である。

ここで、犯人と香田が争って、犯人は香田を窓から突き落した。犯人は、待ちぶせしていたのだろうか。それとも、香田が犯人をよびつけたのか。もし後者なら、香田は、犯人を知っていたのだが……。

そこまで考えた時、不意に目の前の電話が、けたたましく鳴った。老人から奇妙な話を聞いていただけに、千種は、ギョッとして黒い受話器を見、それから手を伸ばした。

「もしもし……」

「こちら電話局ですが、お宅の電話料金が未納になっていますが」

「あ、そうですか」

千種は、拍子ぬけして答えたが、相手は、こちらの応答の仕方にたよりなさを感じたと見えて、

「お宅は、朝倉静子さんですね？」

千種には、全くきいたことのない名前だった。苦笑して、「ちがいますよ」と言ったが、むこうは、重ねて、

「四一六局の××三一番じゃないんですか？」

「いや、違いますよ。××九九番ですよ」

千種は、受話器にかかれた番号を言った。

「おかしいなあ……」

と、相手は、つぶやいてから電話を切った。

電話局でもかけ違いすることがあるのかと、千種はおかしかったが、二、三分して、

また電話がなった。受話器を取ると、前の声で、

「そちら、四一六局の××三一番じゃないんですか？」

「いや、違うよ」

「おかしいなあ、そっちは、朝倉静子さん名義の××三一番のはずなんですがねえ」

「こちらの持主は、森彩子という名前ですよ」

千種は、そっけなく言って電話を切ってしまったが、小さな疑問が湧くのを感じた。

9

捜査は難航した。

森彩子も、香田和彦も、他殺である以上、同一犯人と見るのが常識である。

容疑者としては、彩子と関係のあった本郷ジュンと江木新、それにつけ加えれば、彩子の父親の森藤太郎も入れるべきだろう。

この三人の中に、犯人がいることは、まず間違いないが、どうしても、決め手が掴めなかった。

密室の謎、時間のくい違い、鳩時計の謎等、解決のつかないことが多すぎた。

だが、千種刑事の頭の中で、何かがわかりかけていた。それは、まだ、はっきりと

した形をとっていなかったが、漠然と捜査の壁に穴があきつつあるのが感じられていた。

千種が、腕を組んで考え込んだ時、受付の警官が入って来て、中年の女性が、今度の事件について話したいことがあるといって来ていると告げた。

部屋の入口近くにいた千種が、立ち上って、階下の応接室へ降りて行った。

地味な和服を着た四十歳くらいの女だった。顔に見覚えはない。

しかし、その女が、朝倉静子と名乗った時、千種は緊張した。

「ご用件は？」

と、聞くと、朝倉静子は、平べったい顔を、やや興奮させて、

「今朝、旅行から帰って来たんですが、森彩子さんが殺されたとききまして……」

「あなたとは、どういう関係ですか？」

「実は、私の持っている青葉レジデンスの505号室を、あの方にお貸ししていたのです」

「彼女は、あの部屋を借りていたんですか？」

「ええ。一年前に不動産屋さんを通してお貸ししていたんです」

「電話はどうです？」

「そのことなんですけど、あの部屋は、電話つきでお貸ししました。電話料は、毎月、

あの方が払って下さっていたんですけども、今日、私のところへ電話料未納の連絡が、電話局からありました。それで、新聞をなにげなく見ましたら、あの方が殺されたと出ていてびっくりしてしまって……」

千種は、彼女の言葉で、先だって、森彩子の部屋できいた電話料督促《とくそく》の電話を思い出した。

「部屋についていた電話というのは、四一六局の××三一番じゃありませんか？」

「ええ。そうですけど。あの方が死んだら、どの方に払っていただいたらいいんでしょうか？」

朝倉静子は、自分のききたいことを聞いたが、千種は、殆どうわの空で、彩子の父親が、ホテルRにいるということだけを相手に告げた。

彼女が帰ってしまうと、千種は刑事部屋に駈け戻った。彼は興奮をおさえきれない顔で、

「犯人もトリックもわかりました」

と、主任に言った。

「簡単なトリックだったんです。問題の青葉レジデンス505号室の電話は、あの部屋の持主の名義になっていて、ナンバーは四一六局の××三一番だったわけです。ところが、森彩子は、父親や婚約者に、その電話は教えなかった。代りに教えた電話は、四

一六局の××九九番だったのです。名刺に、青葉レジデンス、電話、四一六局の××九九と書いてあれば、誰でも、その部屋の電話が、そのナンバーだと信じてしまいます。もちろん、電話機にも、××九九番とかいてはっておきます。

部屋にやってきた友だちにしろ親にしろ、その電話機から、その番号にかけることはないので、バレることはありません。

さて、四一六の××九九番の電話ですが、多分、彼女か男が、電話取扱業者から買って、男のところにとりつけたものだと思います。つまり、父親や婚約者が、電話した時、森彩子は、自分のマンションから十分ほどはなれたところにある男の部屋で、電話を受けていたわけです。これで、彼女が、父親や婚約者に対してさえ、来る前に電話してくれと言っていた意味がわかると思います。電話があれば青葉レジデンスへ戻って何くわぬ顔で待てばいいのですから」

「すると、あの事件の日も？」

「その通りです。あの日、父親と婚約者が、電話した時も、彼女は、青葉レジデンスにいなくて、男のところで電話を受けていたわけです。だから、二人が、いくら見張っていても、彼女がマンションをぬけ出すのが見えなかったはずです。われわれは、密室と考えていましたが、もともと、彼女は、505号室にいなかったのです」

「それで、父親が、あの日、娘に電話した時、そばに男の気配が感じられたといったわけか」

「そうです。犯人は、そのあと、森彩子殺害を実行したわけです。犯人には、妻子があり、彩子をもてあましていたのだと思います。彩子の方は、犯人に対して、早く離婚し、自分と結婚してくれと迫っていたにちがいありません。殺害の動機はこれでしょう。犯人は彩子にカプセル入りの青酸カリを飲ませ、ストリーキングに見せかけて殺したのです」

「なぜ、ストリーキングさせる必要があったんだ？　また、なぜ、彼女は、そんな要求を受け入れたのかね？」

「これは、あくまでも想像ですが、もう一人の人間に容疑をかぶせるためにストリーキングさせたのだと思います。彼女にストリーキングさせるのは、案外簡単だったと思います。彼女は、犯人に夢中だったと思われるからです。犯人は、自分も離婚するから、彼女にも何らかの形で誠意を見せてほしいと言った。それにつけ加えて、ハダカで走ることが、犯人に仕事のプラスにもなり、頑固な父親や、婚約者をあきらめさせることにもなるといわれれば、彩子が、一見非常識と思われるストリーキングをやったのも、納得できると思うのです。カプセルは、多分羞恥心をとりのぞく安定剤かなにかだといって飲ませたのでしょう」

「すると、君の言う犯人というのは、二人のうちどちらかね？」

「もちろん、画家の江木新です。電話のトリックがわからないうちは、父親の電話に出た江木よりも、アリバイのない本郷ジュンの方が、あやしいと思われていましたが、今は、全く逆です。江木はあらかじめ、父親が上京してくるのを知っていたので、本郷をワナにかけるために、当日の午前十時ごろ、ストリーキングがあると、つくり声で電話をかけて、現場におびき出したのです。そのあと、十時三十分に父親から彩子と江木の両方に電話があったわけです。実際には、同じ家で、電話を受けたわけですから、アリバイが成立するのはあたりまえのことです。電話が終ったあと、江木は、車で彼女を現場近くまで連れ出し、前方の電話ボックスに衣類が入れてある。ほんのわずかの距離走るだけだからとだまして、ストリーキングさせたのです。だから、彼女は、死ぬ間際に、電話ボックスに……といったのだと思います」

「青葉レジデンスの505号室にあった彼女のメモは、どう解釈するね？」

「それは簡単です。江木は、彼女に結婚を約束し、上京して来る父親と婚約者に、それとなく自分の決心を伝えろと言ったのでしょう。だから、彼女は、あんなメモを残したのでしょう」

「香田和彦を殺したのも、江木になるわけだな？」

「香田は、彩子が死んだあとに、なにげなく、彼女に教えられたマンションのナンバーを回しています。もちろん、その番号は、青葉レジデンスの505号室の電話ではなく、江木のアトリエにある二台目の電話だったわけです。江木の方も、あまり鳴るので仕方なく受話器をとった。そのため、誰もいないはずの505号室に誰かがいるという怪談が生まれてしまったわけです。問題は鳩時計ですが、生前の彩子が、父親や婚約者からの電話に対して、あくまでも青葉レジデンスで電話を受けているように見せるために、江木のアトリエにも同じ鳩時計を置いたのだと思います。彼女の死んだあと、江木が、この鳩時計を捨て忘れたために、香田がかけた時、名古屋に送り返したはずの鳩時計の音がきこえたのです。不審に思った香田は、カギを借りて青葉レジデンスに出かけました。ホテルRに残った森藤太郎が、九時半に電話しても香田が出なかったのは、江木のところに電話していたのだから当然です」

「江木が香田を殺した理由は？」

「香田が何かに気がついたためでしょう。森藤太郎に頼んでおいたのに、いつまでたっても、電話がかかってこない、おかしいと思うはずです。そこで、江木と本郷に電話したのではないでしょうか。本郷は、沖縄に仕事ででかけて留守でしたが、江木はいました。香田から来てくれといわれた時、彼はバレたと思い、香田を殺す気になったのだと思います。彼女の取りつけた電話に出てしまっていますし、鳩時計をはずすのを忘れたことに気がついたからでしょう」

「面白い推理だが、電話のことがはっきりするまでは、あくまでも状況証拠でしかないだろう？」

「いえ。江木に白状させる方法が、一つだけあります」と、千種は、自信満々に言った。

10

江木は、突然訪ねて来た千種刑事をアトリエに通し、コーヒーを淹《い》れ、上目づかいに相手の顔色をうかがった。

千種は、絵の話などしながら、なかなか用件をきりだそうとしない。江木の方がイライラして来た時、奥で突然電話が鳴った。テーブルの上の電話ではない。

「電話が鳴っていますよ。もう一つ電話があるのですか」

と、千種が笑顔で言った。

「いえ、切り換えなものですから。出なくてもいいんです。あなたの用件をきかせてくれませんか？」

「こちらは大した用事じゃありませんからどうぞ電話に出て下さい。それとも、電話に出たくない理由でもあるのですか？」

「とんでもない。そんなことあるはずないじゃないですか」

江木は、無理に笑顔を作って奥にひっこみ、いつも彩子が使っていた電話をとった。間違い電話だということにして切ろうと思ったが、相手は電話局だった。

「もしもし、四一六局の××九九番ですね。先月分の電話代が、まだ未納ですので、今日中に払いこんでいただきたいのです」

「——」

「もしもし、今日中に払っていただかないと電話がとまることになりますが……」

江木は、狼狽した。電話をとめるということは、係員が来て電話機を持っていくのだろうか。そんなごたごたをおこすと、番号などが知れてまずいことになるかもしれない。

そうなれば、電話のトリックがバレてしまう。事件のほとぼりがさめるまでは、電話のことで、さわぎを起こしたくなかった。

「すぐ、もっていきます」

と、江木は早口で言った。

「料金を申しあげますので控えて下さい。三千七百三十円です。よろしくおねがいします」

江木が、電話を切ってアトリエにもどると、千種刑事は、相変らずにこにこしながら、

「どうもお忙しいようなので、また、伺います」

といって帰って行った。江木には、千種刑事がなにしに来たのかわからなかった。江木は、サングラスをはめて地味な服装をして電話局へ出かけた。目立ちたくなかったのである。

彼は、言われた金額を封筒に入れておいた。一刻も早く用をすませたかったからである。電話局に着くと、料金係に、

「四一六の××九九番の料金を納めに来たんだが……」

といって、封筒ごと渡した。

相手は、中身を調べていたが、けげんそうな顔になった。

「××九九番は、五千二百十円ですよ」

「そんなはずはない。ついさっき、君のところから電話で三千七百三十円といってきたんだ」

「しかし、こちらの帳簿には、五千二百十円になっていますが……」

「ばかな！　この耳でちゃんと聞いたのだ。××九九番は、三千七百三十円だと。それに、今日中に払わなければ、電話を止めると脅したじゃないか」

「おかしいですね。当方では、料金の督促はしますが、そのようなことは申しません」

「じゃ、さっき電話した人間を出してくれ」

江木が、顔を赧くして言ったとき、誰かが肩をたたいた。ふりむくと、千種刑事が、にこにこ笑いながら立っていた。

「さっきの電話は、うちの署の婦人警官がかけたんですよ。料金が違ってたでしょう?」

「――」

江木は茫然と立ちすくんだ。

解説――密室の扉はいつ開けられる

山前　譲

世界初のミステリー小説とされているエドガー・アラン・ポー「モルグ街の殺人」（一八四一）が、不思議な密室殺人だったせいなのだろうか。まるでミステリーの永遠のテーマであるかのように、以後、たくさんの密室の謎が書かれてきた。もちろん、現在も密室ものへチャレンジはつづいている。

その魅力は何か。『13の密室』（一九七五）、そして『続・13の密室』（一九七六）と二冊のアンソロジーを編んだ渡辺剣次氏は、『続・13の密室』の前書きでこう分析している。

密室小説に共通する要素の一つとして考えられることは、まず、そのなぞの構成が、きわめて簡潔であるということであろう。

ドアも、窓も、内側からしっかりと施錠された金庫のような部屋のなかでの殺人事件――。その状況はもちろん作品によって千変万化であるが、つねに基本は変わらない。作品の冒頭でのなぞの提示が直裁《ちょくせつ》であるために、読者はみるみる篇中にひきずりこまれてしまう。しかも、トリックのなぞと表裏一体となっている解明の部分は、まことにあざやかであり、そのうえ意外性がつよい。

こうまで言われたならば、密室もののミステリーを読まずにはいられないだろう。本書『THE 密室』に収録した七作にも、その密室ミステリーの醍醐味《だいごみ》がたっぷりだ。それでは、それぞれの作品がどんな密室なのか、順に紹介していこう（収録は作者名五十音順）。渡辺剣次氏が指摘しているように、密室は確かに「千変万化」なのである。

最初の飛鳥高「犯罪の場」（「宝石」一九四七・一　底本／講談社『13の密室』）の事件現場は、大学の土木工学科の実験室だ。

その中で死んでいたのは大学院の学生である。凶器は鉄棒で、明らかな他殺だった。だが、ほかの学生たちの証言では、犯行時刻に実験室に出入りした者はいなかった。窓が開けられた形跡もない。すべての出入り口に鍵がかかっていたわけではないけれど、手強い密室である。

鮎川哲也「白い密室」（「宝石」一九五八・一　底本／立風書房『五つの時計　鮎川哲也短編推理小説全集1』）は、鍵のかかった密室ではない。

大学教授の屍体が自宅で発見される。背後から刺されていたが、凶器のナイフは見当たらなかった。その日は雪が降っていて、死亡推定時刻は雪が降り止んだ直後である。ところが、警察が駆けつけたとき、自宅の周囲に積もった雪には、ふたりの発見者が訪れた足跡しかなかった。そして発見者たちは、犯人とは思われなかった。雪に残された足跡が、事件現場を出入りのできない密室にしていたのだ。

事件現場の周囲の雪や砂に残された痕跡が、密室的な状況を作り出すような事件は、「二次元の密室」と呼ばれている。もちろんまったく痕跡がないときもある。

特にあつらえた密室で死体が発見されているのは、泡坂妻夫「球形の楽園」(「野性時代」一九八二・二　底本／創元推理文庫『亜愛一郎の逃亡』)だ。

それはシェルターとして特別な合金で作られた球形のカプセルで、たったひとつしかない扉は被害者が自分で閉じたという。蟻一匹入り込む隙間のない、まさしく完璧な密室である。警察官は扉を強引にこじ開けているが、犯人がまさかそんなことをするはずはない……。

一方、折原一「不透明な密室」(「別冊小説宝石」一九九〇・九　底本／創元推理文庫『七つの密室』)の密室は、十畳ほどのごく普通の洋間である。

窓には内側から掛け金が差しこまれていた。ドアには錠が下ろされ、チェーンも掛かっていた。秘密の抜け穴もない。そんな部屋の中に、ナイフの柄を胸に突き立てた死体が転がっていたのだ。自殺か？　いや、密室だ。密室好きの警部が喜び勇んで捜査するのだが、じつはなんと、現場は三重の密室だったのである。

陳舜臣「梨の花」（「宝石」一九六二・十　底本／講談社『13の密室』）の密室は、出入り口がひとつしかなく、文献や資料の盗難に備えて、窓に鉄格子がはめられていた大学の文学史研究所だ。

論文をまとめるために泊まり込んでいた研究員が刺されて、重症を負う。研究所の戸は内側から閂《かんぬき》がかけられていた。かけつけたミステリー・ファンの守衛は、中に被害者以外いなかったことを確かめていた。そして凶器は発見されなかった。犯人はどこから脱出したのか？

オカルティックな山村正夫「降霊術」（「推理ストーリー」一九六二・三　底本／ケイブンシャ文庫『死神の女』）は、明治初年に建てられたという土蔵で、著名な陶芸家の死体が発見されている。

土蔵を改造して被害者は仕事場にしていたのだが、その入り口は防火用にと二重扉になっていて、さらに頑丈な格子戸もあった。いずれにも頑丈な南京錠が内側から固くかけられていたし、窓は小さく、人が出入りできそうにない。犯人は魔術を使って、煙のように消え失せたのか……。

構造的に完璧な密室がつづいたが、山村美紗「ストリーカーが死んだ」（「別冊小説宝石」一九七四・七　底本／文春文庫『死体はクーラーが好き』）は人の視線が作った密室である。

ストリーカーはストーカーの誤植ではない。公共の場を全裸で走り回るストリーキングをする人、といった意味だが、若い女性のストリーカーが疾走中、青酸性毒物によって中毒死してしまう。ところが、その女性は住んでいたマンションから出た痕跡がなかったのだ。両親と婚約者が、階段やエレベーターを見張っていたのである。どうやって彼女は抜け出した？

こんなヴァラエティ豊かな密室を、そしてさまざまなトリックをいろいろ分類したくなるのは無理もないだろう。ディクスン・カー、クレイトン・ロースン、H・H・ホームズ、木々高太郎、江戸川乱歩、高木彬光、天城一、二階堂黎人、柄刀一といった諸氏がいろいろ試みてきた。

なかでは『密室犯罪学教程』という著書もまとめた天城一の分類が精緻だが、ここには、トリックからのアプローチなので分かりやすい、江戸川乱歩氏の分類を要約して紹介しておこう。一九五三年にまとめられた「類別トリック集成」の第二、「犯人が現場に出入りした痕跡についてのトリック」のなかの一項である。

1　犯行時、犯人が室内にいなかったもの

イ　室内の機械的な装置によるもの
ロ　室外よりの遠隔殺人
ハ　自殺ではなく被害者自ら死に至らしめるトリック
ニ　他殺をよそおう自殺
ホ　自殺をよそおう他殺
ヘ　人間以外の犯人

2　犯行時、犯人が室内にいたもの
イ　ドアのメカニズム
ロ　実際より後に犯行があったとみせかける
ハ　実際より前に犯行があったとみせかける。密室における犯罪発見者が犯人
ニ　犯人がドアのかげにかくれる
ホ　列車の密室

3　犯行時、被害者が室内にいなかったもの

4　密室脱出トリック

さて、ここに収録した七つの密室は、はたしてどのトリックだろうか。

じつを言えば、日本のミステリー界で「密室殺人」が定着したのは、そんなに昔の

ことではない。一九四六年、雑誌「宝石」に横溝正史『本陣殺人事件』が連載されてからである。それまで、密室という用語はポピュラーでなかったのだ。しかし、まさに堰《せき》を切ったかのように、その後、密室ものが次々と書かれていった。

内外の密室ミステリーの傑作を紹介する余裕はここにはないが、ガイドブックとしては有栖川有栖『密室大図鑑』（一九九九）が一番役に立つだろう。きっと読みたくなる作品ばかり紹介されている。密室の魔力、それはやはり永遠なのだ。

本書はそれぞれの底本を新かな、新漢字に統一し、今の読者に読みやすいよう多少ふりがなを追加しました。また、底本にある表現で、今日から見ると不適切と思われるものがありますが、作品が成立した時代背景、作品的価値を考慮し、そのままとしました。よろしくご理解のほどお願い致します。

（編集部）

二〇一四年九月　ジョイ・ノベルス（有楽出版社）刊

実業之日本社文庫 か51

THE 警察署
ザ けいさつしょ

2016年10月15日 初版第1刷発行

著 者　荒蒔 涼、飯川瑠衣、浅海葉末、折原 一、陳 舜臣、
　　　　あらまきりょう　いいかわるい　あさうみはずえ　おりはらいち　ちんしゅんしん
　　　　山村正夫、山本美穂絵
　　　　やまむらまさお　やまもとみほえ

編 者　山前 譲
　　　　やままえゆずる

発行者　岩野裕一

発行所　株式会社実業之日本社
　　　　〒153-0044　東京都目黒区大橋 1-5-1
　　　　クロスエアタワー 8階
　　　　電話 [編集]03(6809)0473　[販売]03(6809)0495
　　　　ホームページ　http://www.j-n.co.jp/

印刷所　大日本印刷株式会社

製本所　株式会社ブックアート

フォーマットデザイン　鈴木正道 (Suzuki Design)

*本書の一部あるいは全部を無断で複写・複製 (コピー、スキャン、デジタル化等)・転載することは、法律で定められた場合を除き、禁じられています。


また、購入者以外の第三者による本書のいかなる電子複製も一切認められておりません。

*落丁・乱丁 (ページ順序の間違いや抜け落ち) の場合は、ご面倒でも購入された書店名を明記して、小社販売部あてにお送りください。送料小社負担でお取り替えいたします。

ただし、古書店等で購入したものについてはお取り替えできません。

*定価はカバーに表示してあります。

*小社のプライバシー・ポリシー (個人情報の取り扱い) は上記ホームページをご覧ください。

©Jitsugyo no Nihon sha,Ltd 2016　Printed in Japan
ISBN978-4-408-55322-1 (第二文芸)